———— 阅读之前 没有真相

午 夜 文 库

阿加莎·克里斯蒂
马普尔小姐系列

阿加莎·克里斯蒂
Agatha Christie (1890—1976)

无可争议的侦探小说女王，侦探文学史上最伟大的作家之一。

阿加莎·克里斯蒂原名为阿加莎·玛丽·克拉丽莎·米勒，一八九〇年九月十五日生于英国德文郡托基的阿什菲尔德宅邸。她几乎没有接受过正规的教育，但酷爱阅读，尤其痴迷于歇洛克·福尔摩斯的故事。

第一次世界大战期间，阿加莎·克里斯蒂成了一名志愿者。战争结束后，她创作了自己的第一部侦探小说《斯泰尔斯庄园奇案》。几经周折，作品于一九二〇年正式出版，由此开启了克里斯蒂辉煌的创作生涯。一九二六年，《罗杰疑案》由哈珀柯林斯出版公司出版。这部作品一举奠定了阿加莎·克里斯蒂在侦探文学领域不可撼动的地位。之后，她又陆续出版了《东方快车谋杀案》《ABC谋杀案》《尼罗河上的惨案》《无人生还》《阳光下的罪恶》等脍炙人口的作品。时至今日，这些作品依然是世界侦探文学宝库里最宝贵的财富。根据她的小说改编而成的舞台剧《捕鼠器》，已经成为世界上公演场次最多的剧目；而在影视改编方面，《东方快车谋杀案》为英格丽·褒曼斩获奥斯卡大奖,《尼罗河上的惨案》更是成为几代人心目中的经典。

阿加莎·克里斯蒂的创作生涯持续了五十余年,总共创作了八十余部侦探小说。她的作品畅销全世界一百多个国家和地区,累计销量已经突破二十亿册。她创造的小胡子侦探波洛和老处女侦探马普尔小姐为读者津津乐道。阿加莎·克里斯蒂是柯南·道尔之后最伟大的侦探小说作家,是侦探文学黄金时代的开创者和集大成者。一九七一年,英国女王授予克里斯蒂爵士称号,以表彰其不朽的贡献。

一九七六年一月十二日,阿加莎·克里斯蒂逝世于英国牛津郡沃灵福德家中,被安葬于牛津郡的圣玛丽教堂墓园,享年八十五岁。

阿加莎·克里斯蒂 侦探作品年表

波洛系列

1920　The Mysterious Affair at Styles《斯泰尔斯庄园奇案》
1923　Murder on the Links《高尔夫球场命案》
1924　Poirot Investigates《首相绑架案》
1926　The Murder of Roger Ackroyd《罗杰疑案》
1927　The Big Four《四魔头》
1928　The Mystery of the Blue Train《蓝色列车之谜》
1932　Peril at End House《悬崖山庄奇案》
1933　Lord Edgware Dies《人性记录》
1934　Murder on the Orient Express《东方快车谋杀案》
1935　Three—Act Tragedy《三幕悲剧》
1935　Death in the Clouds《云中命案》
1936　The ABC Murders《ABC谋杀案》
1936　Murder in Mesopotamia《古墓之谜》
1936　Cards on the Table《底牌》
1937　Dumb Witness《沉默的证人》
1937　Death on the Nile《尼罗河上的惨案》
1937　Murder in the Mews《幽巷谋杀案》
1938　Appointment with Death《死亡约会》
1938　Hercule Poirot's Christmas《波洛圣诞探案记》
1940　Sad Cypress《H庄园的午餐》
1940　One, Two, Buckle My Shoe《牙医谋杀案》
1941　Evil Under the Sun《阳光下的罪恶》
1943　Five Little Pigs《五只小猪》
1946　The Hollow《空幻之屋》
1947　The Labours of Hercules《赫尔克里·波洛的丰功伟绩》
1948　Taken at the Flood《顺水推舟》
1952　Mrs. McGinty's Dead《清洁女工之死》
1953　After the Funeral《葬礼之后》
1955　Hickory Dickory Dock《山核桃大街谋杀案》
1956　Dead Man's Folly《弄假成真》
1959　Cat Among the Pigeons《鸽群中的猫》
1960　The Adventure of the Christmas Pudding《雪地上的女尸》

阿加莎·克里斯蒂 侦探作品年表

1963　The Clocks《怪钟疑案》
1966　Third Girl《第三个女郎》
1969　Hallowe'en Party《万圣节前夜的谋杀》
1972　Elephants Can Remember《大象的证词》
1974　Poirot's Early Stories《蒙面女人》
1975　Curtain—Poirot's Last Case《帷幕》

马普尔小姐系列

1930　The Murder at the Vicarage《寓所谜案》
1932　The Thirteen Problems《死亡草》
1942　The Body in the Library《藏书室女尸之谜》
1943　The Moving Finger《魔手》
1950　A Murder Is Announced《谋杀启事》
1952　They Do It with Mirrors《借镜杀人》
1953　A Pocket Full of Rye《黑麦奇案》
1957　4.50 from Paddington《命案目睹记》
1962　The Mirror Crack'd from Side to side《破镜谋杀案》
1964　A Caribbean Mystery《加勒比海之谜》
1965　At Bertram's Hotel《伯特伦旅馆》
1971　Nemesis《复仇女神》
1976　Sleeping Murder《沉睡谋杀案》
1979　Miss Marple's Final Cases《马普尔小姐最后的案件》

其他系列及非系列

1922　The Secret Adversary《暗藏杀机》
1924　The Man in the Brown Sult《褐衣男子》
1925　The Secret of Chimneys《烟囱别墅之谜》
1929　Partners in Crime《犯罪团伙》
1929　The Seven Dials Mystery《七面钟之谜》
1930　The Mysterious Mr. Quin《神秘的奎因先生》
1931　The Sittaford Mystery《斯塔福特疑案》
1933　The Witness for the Prosecution and Other Stories《控方证人》
1934　Why Didn't They Ask Evans?《悬崖上的谋杀》

阿加莎·克里斯蒂 侦探作品年表

- 1934　The Listerdale Mystery《金色的机遇》
- 1934　Parker Pyne Investigates《惊险的浪漫》
- 1939　Murder Is Easy《逆我者亡》
- 1939　And Then There Were None《无人生还》
- 1941　N or M?《桑苏西来客》
- 1944　Towards Zero《零点》
- 1945　Sparkling Cyanide《闪光的氰化物》
- 1945　Death Comes as the End《死亡终局》
- 1949　Crooked House《怪屋》
- 1950　Three Blind Mice and Other Stories《三只瞎老鼠》
- 1951　They Came to Baghdad《他们来到巴格达》
- 1954　Destination Unknown《地狱之旅》
- 1958　Ordeal by Innocence《奉命谋杀》
- 1961　The Pale Horse《灰马酒店》
- 1967　Endless Night《长夜》
- 1968　By the Pricking of My Thumbs《煦阳岭的疑云》
- 1970　Passenger to Frankfurt《天涯过客》
- 1973　Postern of Fate《命运之门》
- 1991　Problem at Pollensa Bay《神秘的第三者》
- 1997　While the Light Lasts《灯火阑珊》

出版前言

纵观世界侦探文学一百七十余年的历史,如果说有谁已经超脱了这一类型文学的类型化束缚,恐怕我们只能想起两个名字——一个是虚构的人物歇洛克·福尔摩斯,而另一个便是真实的作家阿加莎·克里斯蒂。

阿加莎·克里斯蒂以她个人独特的魅力创造着侦探文学史上无数的传奇:她的创作生涯长达五十余年,一生撰写了八十余部侦探小说;她开创了侦探小说史上最著名的"黄金时代";她让阅读从贵族走入家庭,渗透到每个人的生活中;她的作品被翻译成一百多种文字,畅销全球一百五十余个国家,作品销量与《圣经》《莎士比亚戏剧集》同列世界畅销书前三名;她的《罗杰疑案》《无人生还》《东方快车谋杀案》《尼罗河上的惨案》都是侦探小说史上的经典,她是侦探小说女王,因在侦探小说领域的独特贡献而被册封为爵士;她是侦探小说的符号和象征。她本身就是传奇。沏一杯红茶,配一张躺椅,在暖暖的阳光下读阿加莎的小说是一种生活方式,是惬意的享受,也是一种态度。

午夜文库成立之初就试图引进阿加莎的作品,但几次都与版权擦肩而过。随着午夜文库的专业化和影响力日益增强,阿加莎·克里斯蒂的版权继承人和哈珀柯林斯出版公司主动要求将版权独家授予新星出版社,并将阿加莎系列侦探小说并入午夜文库。这是对我们长期以来执着于侦探小说出版的褒奖,是对我们的信任与鼓励,更是一种压力和责任。

新版阿加莎·克里斯蒂作品由专业的侦探小说翻译家以最权威的英文版本为底本,全新翻译,并加入双语作品年表和阿加莎·克里斯蒂家族独家授权的照片、手稿等资料,力求全景展现"侦探女王"的风采与魅力。使读者不仅欣赏到作家的巧妙构思、离奇桥段和睿智语言,而且能体味到浓郁的英伦风情。

阿加莎作品的出版是一项系统工程,规模庞大,我们将努力使之臻于完美。或存在疏漏之处,欢迎方家指正。

新星出版社
午夜文库编辑部

Agatha Christie

Over the next few years, we plan to celebrate two very important Agatha Christie anniversaries. In 2015, it is the 125th anniversary of her birth in Torquay, South Devon, England, and in 2020 it will be 100 years after her first book, THE MYSTERIOUS AFFAIR AT STYLES, featuring her famous detective, Hercule Poirot, was published. This is therefore a very appropriate moment to publish a new edition of her works, and I am delighted that HarperCollins has chosen to work with New Star on these new editions. New Star is China's top crime publisher, and has a strong and dedicated editorial staff and a continued passion for Agatha Christie, making them the ideal partner. It is the right time to make these classic books available in modern translations and so to bring Agatha Christie's books anew to her many fans in China, giving them a new reason to re-read these much-loved stories, as well as introducing them to a whole new audience. How delighted Agatha Christie would have been that her stories (as she called them) are still giving so much pleasure to so many people all over the world!

I think there are two very remarkable things about Agatha Christie's stories. The first is that they are so adaptable. It doesn't really matter which language they appear in, the stories and the plots still give the same thrill, still provide the same puzzles, and the characters still have the same attraction. Readers in China will I am sure enjoy Hercule Poirot and Miss Marple just as much as we do in England, and readers in China will still be transfixed by the surprises and horrors of AND THEN THERE WERE NONE, one of the great classics of 20th century detective fiction, as we are here.

Agatha Christie

The second is that the stories give a wonderful picture of England, particularly rural England, at the time Agatha Christie lived. She wrote books from 1920 until 1970 but it is sometimes hard to tell which part of her life each book was written in. Her characters and the life they lived were very much the same. The life we all live is changing very quickly these days but "the Agatha Christie world stays the same." Perhaps the Miss Marple stories provide the best example of this, and in some ways THE BODY IN THE LIBRARY and NEMESIS are quite similar, despite the fact that thirty years elapsed between the time they were written.

Perhaps I might end by mentioning three Agatha Christies (other than the ones mentioned above) which I think demonstrate why she is so popular, even in the twenty-first century. The first is MURDER ON THE ORIENT EXPRESS, one of the most famous with one of the most ingenious and human plots. Read this on one of your long train journeys in China! Next is A MURDER IS ANNOUNCED, a Miss Marple which was her 50th book. It has my favourite murderer in it! And last is ENDLESS NIGHT a story about evil and how it affects three young people, written at the time when I knew her best, and understood how deeply she cared and sympathised with young people and the world they lived in.

Whichever are your favourites I hope you enjoy these stories that New Star are introducing to you again. I think it is a great publishing event.

Mathew Prichard
Grandson of Agatha Christie
Chairman of Agatha Christie Ltd

致中国读者

(午夜文库版阿加莎·克里斯蒂作品集序)

在未来的几年中,我们将要筹备两个非常重要的关于阿加莎·克里斯蒂的纪念日。二〇一五年是她的一百二十五岁生日——她于一八九〇年出生于英国的托基市;二〇二〇年则是她的处女作《斯泰尔斯庄园奇案》问世一百周年的日子,她笔下最著名的侦探赫尔克里·波洛就是在这本书中首次登场。因此,新星出版社为中国读者们推出全新版本的克里斯蒂作品正是恰逢其时,而且我很高兴哈珀柯林斯选择了新星来出版这一全新版本。新星出版社是中国最好的侦探小说出版机构,拥有强大而且专业的编辑团队,并且对阿加莎·克里斯蒂的作品极有热情,这使得他们成为我们最理想的合作伙伴。如今正是一个良机,可以将这些经典作品重新翻译为更现代、更权威的版本,带给她的中国书迷,让大家有理由重温这些备受喜爱的故事,同时也可以将它们介绍给新的读者。如果阿加莎·克里斯蒂知道她的小故事们(她这样称呼自己的这些作品)仍然能给世界上这么多人带来如此巨大的阅读享受,该有多么高兴啊!

我认为阿加莎·克里斯蒂的作品有两个非常重要的特征。首先它们是非常易于理解的。无论以哪种语言呈现,故事和情节都同样惊险刺激,呈现给读者的谜团都同样精彩,而书中人物的魅力也丝毫不受影响。我完全可以肯定,中国的读者能够像我们英国人一样充分享受赫尔克里·波洛和马普尔小姐带来的乐趣;中国读者也会和我们一样，读到二十世纪最伟大的侦探经典作品——比如《无人生还》——的时候，被震惊和恐惧牢牢钉在原地。

第二个特征是这些故事给我们展开了一幅英格兰的精彩画卷，特别是阿加莎·克里斯蒂那个年代的英国乡村。她的作品写于二十世纪二十年代至七十年代间，不过有时候很难说清楚每一本书是在她人生中的哪一段日子里写下的。她笔下的人物，以及他们的生活，多多少少都有些相似。如今，我们的生活瞬息万变，但"阿加莎·克里斯蒂的世界"依旧永恒。也许马普尔小姐的故事提供了最好的范例：《藏书室女尸之谜》与《复仇女神》看起来颇为相似，但实际上它们的创作年代竟然相差了三十年。

最后，我想提三本书，在我心目中（除了上面提过的几本之外）这几本最能说明克里斯蒂为什么能够一直受到大家的喜爱。首先是《东方快车谋杀案》，最著名，也是最机智巧妙、最有人性的一本。当你在中国乘火车长途旅行时，不妨拿出来读读吧！第二本是《谋杀启事》，一个马普尔小姐系列的故事，也是克里斯蒂的第五十本著作。这本书里的诡计是我个人最喜欢的。最后是《长夜》，一个关于邪恶如何影响三个年轻人生活的故事。这本书的写作时间正是我最了解她的时候。我能体会到她对年轻人以及他们生活的世界关心至深。

现在新星出版社重新将这些故事奉献给了读者。无论你最爱的是哪一本，我都希望你能感受到这份快乐。我相信这是出版界的一件盛事。

阿加莎·克里斯蒂外孙

阿加莎·克里斯蒂有限责任公司董事长

马修·普理查德

二〇一三年二月二十日

阿加莎·克里斯蒂侦探小说全集 ⑦③

死亡草
The Thirteen Problems

Agatha Christie

［英］阿加莎·克里斯蒂 著
六翼天使 译

新 星 出 版 社　NEW STAR PRESS

献给伦纳德和凯瑟琳·伍利[①]

[①]伦纳德·伍利是英国著名考古学家,因发掘世界上最早的城市遗址乌尔而名噪一时,阿加莎在第一次前往伊拉克时结识了伍利夫妇,成为好友。伍利夫妇当时的助手马克斯即阿加莎的第二任丈夫。凯瑟琳·伍利是一位很有意思的人物:她一方面以自我为中心,随意使用阿加莎的热洗澡水,还为了自己的便利更改了阿加莎和马克斯的婚礼日期。另一方面她富有魅力,并拥有得到他人,尤其是新结识的人尊重的天赋。凯瑟琳·伍利也是《古墓之谜》中露易丝·利德勒太太(Louise Leidner)这一人物的灵感来源。

目录

1	第一章　星期二晚间俱乐部
17	第二章　阿施塔特的神舍
35	第三章　金锭
51	第四章　血染的石板路
65	第五章　动机与机会
81	第六章　圣彼得的拇指印
97	第七章　蓝色的天竺葵
117	第八章　陪伴
139	第九章　四个嫌疑人
159	第十章　圣诞节的悲剧
181	第十一章　死亡草
201	第十二章　小木屋事件
221	第十三章　沉溺而亡

第一章 星期二晚间俱乐部

"不解之谜。"

雷蒙德·韦斯特吐出一团烟雾，用一种不紧不慢、自得其乐的语气重复道："不解之谜。"

他心满意足地环顾四周。这幢房子已经有些年头了，粗大黝黑的房梁横过天花板，房间里陈设着属于那个年代的做工精良的家具。雷蒙德·韦斯特投之以赞许的目光。作为一名作家，他喜欢完美无瑕的风格。简姨妈的房子里充满个性特点的布置总能给他舒适的感觉。他的目光越过壁炉前的空地，望着姨妈。她正端坐在那把祖父留下来的宽大的椅子上。马普尔小姐穿着一件黑色的织锦礼服，腰束得很紧。上身的梅希林蕾丝花边像瀑布一样垂下来。她戴着黑色蕾丝露指手套，盘起的雪白头发上戴着一顶黑色蕾丝小帽。她的手里正在编织一件柔软的白色羊毛织物。她那双浅蓝色的眼睛慈爱而和蔼地审视着她的外甥和他的朋友们，目光中带着一丝浅浅的喜悦。她的视线首先落在自信而潇洒的雷蒙德身上；然后落在乔伊斯·雷蒙皮埃尔身上，她是位艺术家，有一头剪得短短的黑发和一双奇特的淡绿褐色的眼睛；然后是那位衣着整洁、阅历丰富的亨利·克利瑟林爵士。屋里还有另外两个人：彭德博士，年长的教区牧师；还有帕特里克先生，一位律师，他的身材干瘪瘦小，戴着一副眼镜，习惯从镜片上面看人，而不是透过镜片去看。马普尔小姐只花了一会儿工夫来观察这些客人，很快，她又嘴角带着一丝微笑继续手中的编织活计了。

帕特里克先生干咳了几声，这通常是他要讲话的前奏。

"雷蒙德，你说什么？不解之谜？这是怎么回事？"

"没什么，"乔伊斯·雷蒙皮埃尔说，"雷蒙德只是喜欢自己说这几个字时的声音而已。"

雷蒙德·韦斯特向她投去责备的眼光，她却把头扭到一旁笑了起来。

"他就爱故弄玄虚，不是吗，马普尔小姐？"她说道，"您知道这一点的，我敢肯定。"

马普尔小姐向她报以温和的一笑，并不作答。

"生活本身就是一个难解之谜。"牧师郑重其事地说道。

雷蒙德在椅子上坐直了身子，以一种冲动的手势扔掉了烟头。

"我说的不是那个。我不是在谈论哲学问题。"他说道，"我在考虑的是实实在在的、没经过艺术加工的、赤裸裸的事实，那些已经发生，却至今仍没有人能够解释的事件。"

"我知道你说的那种事件，亲爱的。"马普尔小姐说道，"卡拉瑟斯太太昨天早上就遇到了一件非常奇怪的事。她在艾里奥特的店里买了半品脱①的精选虾。随后又去了另外两家商店，等她到家的时候，她发现虾不见了。她又回到她去过的那两家店去找，可虾却完全没了踪影。这在我看来真是非常奇怪。"

"一个很有味道的故事。②"亨利·克利瑟林爵士一本正经地说道。

"当然了，可能有好多种解释，"马普尔小姐说道，她的两颊由于激动而微微泛红，"比如说，别的什么人——"

"我亲爱的姨妈，"雷蒙德·韦斯特觉得很好笑，忍不住打断她说道，"我当然不是指那种发生在乡下的小事。我说的是那些

---

①品脱，容量单位。1英制品脱≈568毫升。
②原文为"A very fishy story"，"fishy"既有"可疑的"之意，又有"有鱼腥味的"之意；亨利爵士此处显然一语双关，针对马普尔小姐这个无聊的故事开了个无伤大雅的玩笑。

谋杀案和失踪案,就是那种亨利爵士可以为我们一一道来的事,如果他乐意的话。"

"我从不谈论工作,"亨利爵士谦虚地说道,"是的,我从不谈论工作。"

亨利·克利瑟林爵士是苏格兰场的警察总监,不久前刚退休。

"我想有很多谋杀案和其他案件警察都没能破案。"乔伊斯·雷蒙皮埃尔说道。

"我相信,这是众所周知的事实。"帕特里克说道。

"我很想知道,"雷蒙德·韦斯特说道,"要具备什么样的智慧,才能成功地解开这些谜团?我总是认为,一般的警察主要是受制于想象力。"

"那是外行人的观点。"亨利爵士干巴巴地说道。

"你们真得组织一个委员会来调查。"乔伊斯笑着说道,"因为心理学和想象力都被作家占全了……"

她带着戏谑向雷蒙德躬了躬身子,但后者依然一脸严肃认真。

"写作的艺术能让你洞察人性,"他认真地说道,"你可能会发现普通人会忽略的动机。"

"亲爱的,"马普尔小姐说道,"我知道你的书很精巧。但你觉得人真的都像你书中写的那么不堪吗?"

"亲爱的姨妈,"雷蒙德柔声说道,"守着您的信仰吧。我觉得变着法儿地弄死他们才好呢。愿上帝宽恕我。"

"我的意思是,"马普尔小姐说道,一边数着编织物的针数一边微微皱起了眉头,"在我看来,大多数人既不好也不坏,你知道的,只不过是非常糊涂。"

帕特里克又干咳了几声。

"雷蒙德,"他说道,"难道你不认为你太看重想象力了吗?

想象力是很危险的东西,这一点,我们做律师的都非常清楚。全面公正地审视证据、获取事实并客观地加以审视,对我来说,那才是获得真相的唯一合乎逻辑的办法。我还可以说,在我的经历中,那是唯一行得通的法子。"

"呸!"乔伊斯气恼地把头往后一甩,叫道,"我敢打赌,这回你输定了。我不只是个女人。不客气地讲,我们女人拥有你们男人不肯承认的直觉。我还是位艺术家。作为一位艺术家,我接触过五花八门、贫富贵贱的人。我了解亲爱的马普尔小姐在这里过一辈子也不可能了解到的生活。"

"亲爱的,这点我不敢苟同。"马普尔小姐说道,"有时候乡下也会发生一些非常悲惨和不幸的事。"

"我能说句话吗?"彭德博士笑着说道,"我知道,如今提起牧师就没什么好的评价,但我们善于倾听,我们了解人性平时不为外界所知的另一面。"

"好吧,"乔伊斯说道,"看来我们聚齐了各种职业的人。我们成立一个俱乐部怎么样?今天星期几?星期二?那我们就叫它'星期二晚间俱乐部'好了。每个星期聚会一次,每个成员轮流讲一个谜题,自己亲身经历的谜题,当然还要有谜底。让我看看,我们有多少人?一个、两个、三个、四个、五个。我们应该凑够六个人。"

"亲爱的,你把我给忘了。"马普尔小姐笑容满面地说道。

乔伊斯略感惊讶,但很快就掩饰了过去。

"太好了,马普尔小姐,"她说道,"我不知道您会有兴趣。"

"那一定会很有趣,"马普尔小姐说道,"尤其是有这么多睿智的先生参加。恐怕我不如各位那么聪明,但这些年在圣玛丽·米德村的生活使我有机会洞察人性。"

"我敢肯定，您的加入一定很有价值。"亨利爵士毕恭毕敬地说道。

"那么从谁开始呢？"乔伊斯说道。

"这根本就不成问题，"彭德博士说道，"既然我们如此有幸与亨利爵士这样的杰出人士聚在一起……"

他话没说完就停下来，向亨利爵士所在的方向恭敬地躬了躬身子。

沉默了片刻，最终，亨利爵士叹了口气，再次翘起了腿，开始了他的故事：

"对我来说，挑一个大家想听的那种案子有点困难，我碰巧刚好知道一个非常符合条件的案子。也许你们一年前曾经在报纸上读到过。它曾作为一起未解的谜案被搁置起来，但是很巧的是，不久前，我得到了答案。

"案件相关的事实非常简单。三个人同桌共进晚餐，晚餐是罐装的龙虾和一些别的东西。当天夜里，三个人都病倒了，一位医生被急忙请了过去。两个人被救了回来，而第三个人却死了。"

"啊！"雷蒙德附和道。

"正如我所说，事情很简单。死因被认定为食物中毒，死亡证明也是这么写的，死者随后就下葬了，但事情并没有就此结束。"

马普尔小姐点了点头。

"我想，会有闲话传出的，"她说道，"通常都会有的。"

"现在我来描述一下这起小小的悲剧里的人物。我把那对夫妻暂且称作琼斯先生和琼斯太太，还有一位是琼斯太太的陪伴克拉克小姐。琼斯先生是一家化工厂的推销员。他大概五十多岁，仪表堂堂，但有点粗俗。他的妻子是一个相当普通的女人，年龄大概四十五岁。克拉克小姐六十多岁，是个脸色红润、乐呵呵的矮胖女人。可以说，这几个人没有一个有特别之处。

"接着，麻烦以一种很稀奇的方式出现了。事发前一晚，琼斯先生曾在伯明翰的一家小旅馆留宿。碰巧那天吸墨纸簿上的吸墨纸刚刚换过新的，而琼斯先生又恰好写过一封信。客房女服务员显然是闲来无事，就对着镜子设法辨认吸墨纸上留下来的字迹打发时间。几天以后，报纸上刊登了琼斯太太因食用罐装龙虾中毒死亡的消息。那位女服务员就把她从吸墨纸簿上辨认出来的那些字迹告诉了她的同事。那些字迹是这样的：'完全依靠我妻子……等她死了，我将……成百上千……'

"大家可能还记得，此前不久有一宗丈夫毒杀妻子的案件。不消说，这群服务员的想象力立即就被激发了起来——琼斯先生想杀死他的妻子，然后继承几十万英镑！凑巧的是，那群女服务员中的一位刚好有亲戚和琼斯一家住在同一个镇上。她写信告诉了他们这件事，他们又回信告诉了她一些情况。据说琼斯先生倾心于当地医生的女儿，一位三十三岁的漂亮姑娘。一时间谣言四起。人们向内政部请愿。匿名信像雪片一样飞到苏格兰场，指控琼斯先生谋杀了他的妻子。我得说，当初我们压根儿没觉得除了流言蜚语以外还真能有点什么。不管怎样，为了平息舆论，当局还是批准了开棺验尸。这是一起因公众毫无根据的猜疑而立案，结果却惊人地获得了证实的案例之一。尸体解剖发现了致死量的砒霜，因此，显而易见，已故的琼斯太太死于砒霜中毒。于是，苏格兰场和当地警察展开联合调查，砒霜是如何被投放的，以及是被谁投的。"

"啊哈！"乔伊斯说道，"我喜欢这个故事。这是个真实的案例。"

"嫌疑自然落到了丈夫的头上,他从妻子的死亡中得到了好处。虽然没有客房女服务员想象中的几十万那么多,但也有足足八千英镑!他除了工作赚的那点钱以外没什么家产,况且他还是一个喜欢跟女人鬼混、花钱大手大脚的家伙。我们仔细调查了他与医生女儿的绯闻;然而,情况却很清楚,他们一度关系亲密,但事发前两个月突然闹翻了,而且从那以后他们似乎就再也没见过面。而那位医生本人则是一位诚实正直、品行毋庸置疑的老先生,他对尸体解剖的结果目瞪口呆。那天半夜,他被急召了去,发现三个人都病倒了。他马上就意识到琼斯太太病情危重,于是马上派人到他的诊所去取鸦片药丸来减轻她的痛苦。尽管做了种种努力,她还是死了,但他从未怀疑过有什么地方不对。他确信她的死因是某种食物中毒。那天晚餐吃的是罐装龙虾、沙拉、蛋奶冻蛋糕、面包和奶酪。不巧的是,龙虾一点也没剩,全被吃光了,连罐头盒子都扔了。他质询过那位年轻的女仆,格拉迪丝·林奇。她彻底慌了神,嚎啕大哭,惊慌失措,完全答非所问,只是一遍又一遍地说,那个罐头一点也没鼓起来,她发誓那只龙虾没变质。

"这就是我们了解到的全部情况。假设真是琼斯先生给他的妻子下了砒霜的话,很显然不可能是在晚餐的食物中做的手脚,因为三个人都吃了同样的食物。此外,琼斯那天是在晚餐都摆上桌以后才从伯明翰赶回来的,所以他也没有机会事先在食物中玩花样。"

"那个陪伴呢?"乔伊斯问道,"笑呵呵的矮胖女人?"

亨利爵士点了点头。

"我们没有忽略克拉克小姐,我向你们保证。但令人费解的是,她这么做的动机是什么呢?琼斯太太没有给她留下任何遗产，而雇主的死只会把她置于失业的境地。"

"这么看来，她的嫌疑被撇清了。"乔伊斯沉思道。

"我手下的一位巡官很快发现了一个重要的情况。"亨利爵士继续说道，"那天晚饭后，琼斯先生曾下楼去过厨房，说他太太不太舒服，想喝一碗玉米粥。他在厨房等着，直到格拉迪丝·林奇把玉米粥煮好，他亲自端上楼去给他的妻子。我认为这一点可能是解决这个案子的关键所在。"

律师点了点头。

"动机，"他说道，弹了弹手指继续阐述自己的观点，"还有机会。作为一个化工厂的推销员，弄点毒药不是什么难事。"

"一个道德观念薄弱的家伙。"牧师说道。

雷蒙德·韦斯特盯着亨利爵士。

"这里面一定还有蹊跷。"他说道，"你们为什么不逮捕他呢？"

亨利爵士苦笑了一下。

"那正是这件案子最不顺利的地方。到现在为止，一切似乎都顺理成章，但是我们马上就遇到了麻烦。琼斯没被逮捕，是因为在审问克拉克小姐的时候，她告诉我们，喝掉一整碗玉米粥的人不是琼斯太太，而是她。

"没错，据说她按惯例来到琼斯太太的房间。琼斯太太正半坐在床上，那碗玉米粥就放在她身边。

"'我感觉很不舒服，米莉，'她说道，'我想这都怪我今晚吃了龙虾。我让阿尔伯特给我做了碗玉米粥上来，但现在我一点也不想喝了。'

"'真可惜，'克拉克小姐说道，'这粥做得很好，一点结块都没有。格拉迪丝真是个好厨子。如今的女孩子很少有能煮出这么

好的玉米粥的了。我看着都想喝，也是因为肚子有点饿吧。'

"'我得说你净干傻事。'琼斯太太说道。"

"我得解释一下，"亨利爵士中断了叙述说道，"克拉克小姐当时正被她日渐发福的身材所困扰，在进行所谓的'减肥疗法'。"

"'饿肚子对你不好，米莉，真的，'琼斯太太劝道，'如果老天让你发胖，那你是无法改变的。喝了那碗粥吧，它对你有好处。'

"于是克拉克小姐一口气喝完了那碗粥。所以，明白了吧，这就完全粉碎了我们指控丈夫是杀人犯的念想。关于吸墨纸上的那些字迹，他也毫不费力地给出了解释。他说，那封信是给他远在澳大利亚的弟弟的回信，后者之前来信向他借钱。他在信中写道，他在经济上完全依靠他的妻子。除非他妻子死了，他才能掌握财政大权，届时如果有可能的话，他才能接济他。他很抱歉不能帮他，同时劝慰他说，这世上有成百上千的人同他一样身处窘境。"

"这么一来案子就没有头绪了？"彭德博士问道。

"是的，"亨利爵士沉重地说道，"我们不敢冒险逮捕琼斯，因为没有证据。"

沉默了片刻之后，乔伊斯说道："这就完了？不会吧？"

"去年，案子就停滞在这里了。现在苏格兰场已经掌握了案件的真相，再过两三天，你们估计就能在报纸上看到了。"

"案件的真相。"乔伊斯沉思着说道，"我想不如这样，我们先考虑五分钟，然后再说说自己的看法。"

雷蒙德·韦斯特点了点头，看了一眼手表。五分钟之后，他看了看彭德博士。

"您先讲好吗？"他说道。

老人摇了摇头。"我承认，"他说道，"这件事让我百思不得其解。我只是觉得那个丈夫不管怎样肯定有问题，但我想不出他是怎么干的。我想他一定是用某种没被人发现的手段给他的妻子下了毒，不过我也想不出过了这么久，又是怎样被人发现的。"

"乔伊斯，你呢？"

"那个陪伴！"乔伊斯坚定地说道，"肯定是那个陪伴！我们该怎么考虑她的动机呢？即便她又老又胖、丑陋不堪，也不能说她就不会暗恋琼斯先生。她没准儿还有其他理由憎恨琼斯太太。想想吧，作为一个陪伴，总得努力取悦别人，从不敢说个不字，一直压抑自己、隐藏自己。终于有一天，她忍无可忍，就杀了她的雇主。没准儿就是她把砒霜放进那碗玉米粥的，然后编造了她喝了粥的谎话。"

"帕特里克先生，您有何高见？"

律师颇为职业化地双手交握，指尖相抵。"我不太想说。就目前掌握的事实，我不太想说什么。"

"可您总得说点什么呀，帕特里克先生。"乔伊斯说道，"您不能保留看法，说什么'不带偏见'之类的法律套话。您得遵守我们的游戏规则啊。"

"就掌握的事实而言，"帕特里克先生说道，"没什么可说的。就我个人的观点而言，我见过……唉……太多类似的案件了，都是丈夫有罪。导致事实真相被掩盖的唯一解释是，出于某些原因，克拉克小姐蓄意庇护了琼斯先生。也许两者之间有某种金钱方面的协议。他多半意识到了自己会被怀疑，而前景困窘的她，很可能会同意编造一个喝了那碗玉米粥的故事，以暗中换取一笔不菲的回报。如果真是那样的话，这件案子就太不寻常了。真是太不寻常了。"

"我不同意你们所有人的看法。"雷蒙德说道,"你们忽略了这个案件中的一个重要角色。那个医生的女儿。我来告诉你们我对这个案件的解读。那罐龙虾就是坏的,它引起了中毒的症状。医生被请了来。他发现琼斯太太处于巨大的痛苦之中,因为她吃的龙虾比别人多。于是,正如亨利爵士跟我们说过的那样,他派人去取一些鸦片药丸。他不是自己去的,而是派了别的人。那么是谁把药丸交给前去取药的人的呢?当然是他的女儿。很可能平时就是她为她父亲配药的。她爱着琼斯先生,而就在那一刻,她天性中所有邪恶的部分都觉醒了。她意识到可以让他重获自由的机会就掌握在她的手中。她给的药丸里含有致死量的砒霜。这就是我的解答。"

"现在,亨利爵士,告诉我们答案吧。"乔伊斯迫不及待地说道。

"等一会儿,"亨利爵士说道,"马普尔小姐还没有说话呢。"

马普尔小姐黯然地摇了摇头。

"哦!哦,"她说道,"我又掉了一针。我完全沉浸在这个故事里了。一个悲惨的案件,非常悲惨。它让我想起了以前住在山上的老哈格雷夫斯先生。他的妻子从没怀疑过他……直到他死后把所有的钱都留给了一个一直与他偷情还给他生了五个孩子的女人。她曾经是他们家的女佣。多好的一个姑娘啊,哈格雷夫斯太太常常说……你可以完全信赖她,她每天都会把家务料理得非常妥帖——当然,星期五除外。老哈格雷夫斯把她藏在临近的镇上,而他依然担任教堂执事,每个星期天照常分发圣餐。"

"亲爱的简姨妈,"雷蒙德有些不耐烦地说道,"已故的哈格雷夫斯跟这个案子有什么关系呢?"

"这个故事让我立刻就想起了他。"马普尔小姐说道,"情况非常相似,不是吗?我猜那姑娘招认了,因此您才知道了真相,亨利爵士。"

"哪个姑娘?"雷蒙德说道,"我亲爱的姨妈,您在说些什么呀?"

"当然是那个可怜的姑娘,格拉迪丝·林奇啊,就是医生跟她谈话时惊慌失措的那个。她当然会那样了。我真希望那个邪恶的琼斯被绞死,我敢肯定,是他把那个姑娘变成了谋杀犯。我猜她也会被绞死的,可怜的人儿。"

"我觉得,马普尔小姐,您可能弄错了。"帕特里克先生开口说道。

但是马普尔小姐固执地摇了摇头,望向亨利爵士。

"我猜对了,是吧?我觉得情况非常清楚。我是说,那些珠子糖……那个蛋奶冻蛋糕……不可能搞错的。"

"什么蛋奶冻蛋糕和珠子糖啊?"雷蒙德叫道。

他的姨妈转向了他。

"最近厨师们喜欢在蛋糕上撒些珠子糖[①],亲爱的,"她说道,"那种粉色的、白色的小糖球和小糖棍。当我听说他们那天晚餐吃了蛋奶冻蛋糕,而做丈夫的又曾经给某人写信提到过这个字眼时,我就很自然地把这两件事联系了起来。砒霜就在那里面,在那些珠子糖里。他把它交给了那个姑娘,让她撒在蛋糕上。"

"可是那不可能啊,"乔伊斯马上说道,"他们都吃了蛋糕。"

"哦,不是的,"马普尔小姐说道,"那个陪伴正在减肥,还

[①] 原文"hundreds and thousands"有两种含义,一种是成百上千,另一种是指撒在蛋糕上的彩色珠子糖。在本案中其他人都把这几个字与财产联系在一起因此理解为数量词,而马普尔小姐把它与晚餐上的蛋糕联系在一起,意识到其指的是蛋糕上撒的珠子糖。

记得吧？如果你正在减肥的话，你是绝不会吃蛋糕这类甜食的。我料想琼斯先生一定是把他那块蛋糕上的珠子糖刮了下来，放在了盘子边上。真是个绝妙的主意，但是太邪恶了。"

其他人的目光都注视着亨利爵士。

"虽然令人费解，"他慢吞吞地说道，"可马普尔小姐碰巧言中了真相。正像俗话说的那样，琼斯糟蹋了格拉迪丝·林奇。她走投无路了。他想除掉他的妻子，于是向她保证，只要他妻子死了，他就娶她。他在珠子糖里做了手脚，然后交给了她，并告诉她怎么用。格拉迪丝·林奇一周前死了。她的孩子生下来就死了，而琼斯早就撇下她另寻新欢去了。临死前，她供出了真相。"

沉默了一阵之后，雷蒙德说道："好吧，姨妈，该问问您啦。我想不出来您到底是怎么猜到真相的。我压根儿没想到那个厨房里的小女仆会跟这个案子有关。"

"哦，亲爱的，"马普尔小姐说道，"你只是不像我一样深谙世事罢了。像琼斯那种粗俗的色鬼，我一听说有个漂亮的年轻姑娘在他家里，就相信他是不会放过她的。这非常不幸，而且令人痛心，这种事还是不谈为好。我没法向你形容哈格雷夫斯太太当时所受到的打击，村里人整整震惊了九天啊。"

第二章　阿施塔特的神舍[①]

① 阿施塔特是古闪米特人神话中主管生育和爱情的女神。

"那么,彭德博士,您打算给我们讲点什么呢?"

老牧师温和地笑了笑。

"我的一生都是在僻静的小地方度过的,"他说道,"这辈子几乎没遇上过什么大事。不过,我年轻的时候,倒是经历了一起离奇的惨剧。"

"啊!"乔伊斯·雷蒙皮埃尔以一种鼓励的口吻说道。

"我从没忘记过这件事,"牧师继续说道,"它当时给我留下了深刻的印象,时至今日,只要稍作回忆,我就又能感受到看见一个人被无形的力量刺死时那种敬畏而恐惧的感觉。"

"你让我觉得毛骨悚然,彭德。"亨利爵士抱怨道。

"它的确令我毛骨悚然,就像你说的那样。"对方答道,"从那以后,我再也没有嘲笑过那些动不动就用'气氛'一词的人了。气氛这种东西是存在的。有些地方就是渗透着或善或恶的力量,能被感知。"

"拉切斯家的那幢房子就是一处不祥之所。"马普尔小姐说道,"老史密瑟斯一贫如洗,不得不从那儿搬离;之后,卡斯莱克一家住了进去。约翰尼·卡斯莱克从楼梯上摔了下来,断了一条腿;而卡斯莱克太太则因为健康原因不得不到法国南部疗养。现在博登一家接手了这幢房子,可我听说可怜的博登先生刚搬进去就要动手术。"

"我觉得这类事被渲染了太多的迷信色彩。"帕特里克说道,"这些无聊的传言在不经意间四处传播,给业主带来不少损失。"

"我就知道一两个作风相当强硬的'鬼魂'。"亨利爵士边说边轻轻一笑。

"我想,"雷蒙德说道,"我们应该让彭德博士把他的故事讲完。"

乔伊斯站起身把两盏灯都关掉,只剩下壁炉里那簇摇曳不定的火光照亮房间。

"气氛。"她说道,"好了,现在我们可以继续了。"

彭德博士向她微微一笑,把身子靠回椅背上,取下他的夹鼻眼镜,用一种轻柔的语气追忆道:

"我不知道你们是否有人知道达特穆尔高原,我讲的这个故事发生的地点就在达特穆尔的边缘。那儿有一处风景宜人的地产,尽管它在市场上若干年都没能卖出去。那个地方冬天或许有点阴冷,但景色却很壮丽,它本身还有一些新奇的原生态的特色。一个叫理查德·海登的爵士买下了这处地产。我在大学期间结识了他,虽然我们已经有好些年没见面了,但我们之间的友情还在。我欣然接受了他的邀请,前往拜访'寂静的树林',那是他给那个地方取的名字。

"那是一次小小的家庭聚会。除了理查德·海登爵士,还有他的堂弟埃利奥特·海登;曼纳林夫人和她那面色苍白、相貌平平的女儿维奥莱特;酷爱骑射、饱经日晒风吹的罗杰斯上尉和他的太太,他们的全部生活就是马匹和打猎;还有一位年轻的西蒙兹医生和黛安娜·阿什利小姐。后者我倒是有所耳闻。她的照片频频出现在报纸的社会专栏上,是社交季大名鼎鼎的美人。她的容貌的确引人注目。高挑的身材,乌黑的头发,奶油色的皮肤光滑如丝,迷离的黑色双眸稍向两侧斜飞,使她的外貌平添了一丝神秘的东方色彩。她还有一副好嗓子,音色深沉,悦耳如铃。

"我立刻就看出我的朋友理查德·海登完全被黛安娜迷住了,

不仅如此，我猜这个聚会就是为了她才组织的。至于她本人的想法，我不得而知。她行事全凭自己的喜好，反复无常。今天只跟理查德说话，旁若无人；另一天又转而青睐他的堂弟埃利奥特，好像理查德不存在；接着她又会把最迷人的微笑献给那位安静腼腆的西蒙兹医生。

"我到的第二天早上，主人带领我们四处参观了一番。房子本身没有什么特别之处，是一座用德文郡出产的花岗岩建造的牢固可靠的房子。自建成以来，经受住了时间和风雨的考验，毫无浪漫色彩，却很舒适。透过窗户望出去，达特穆尔高原的景色尽收眼底。眼前是广阔而连绵不断的山岗，山顶裸露着成片的风雨侵蚀过的岩石。

"在离我们最近的山顶附近的斜坡上，有成片的、环形的断垣残壁，属于石器时代晚期的遗迹。另一座山丘上新近发掘出了一座古墓，里面发现了许多埋藏的青铜器。作为一位古物爱好者，海登跟我们谈起这些时兴致勃勃、眉飞色舞。他说这块不寻常的地方有着特别丰富的古代遗迹。

"新石器时代的住民，德鲁伊德人、罗马人甚至早期腓尼基人的遗迹也能在这里找到。

"'然而，最有趣的还是这块地方。'他说道，'你们都知道，我叫它寂静的树林。不难看出这个名字的来历。'

"他边说边用手指着。这个地区相当荒凉，放眼望去满是岩石、石南和欧洲蕨，但离这座房子一百码的地方，有一片茂密的树林。

"'那是一处远古时代的遗迹。'海登说道，'那些树曾经枯死，又被重新栽种过，但总体上还是保持了原貌，也许是在腓尼基人居住于此的时候。跟我来看看吧。'

"我们都跟着他过去了。当我们走进小树林的时候,一种莫名的压抑感向我袭来。我想是因为那非同寻常的死寂。那里给人一种荒凉和恐怖的感觉,都没有鸟儿在那里筑巢。我发现海登正看着我,脸上挂着一丝神秘的微笑。

"'对这个地方有什么感觉啊,彭德?'他问道,'反感吗?还是觉得不自在?'

"'我不喜欢这儿。'我轻轻说道。

"'你有权这么想。这个地方是你们远古时代的宗教敌人之一的一个据点。这是阿施塔特的树林啊。'

"'阿施塔特?'

"'阿施塔特、或者伊施塔①、艾施特略②,或者随你叫她什么名字吧。我喜欢腓尼基人的叫法,阿施塔特。我相信在这哈德良长城③以北的地区肯定有人知道阿施塔特树林的故事。虽然没什么凭据,不过我愿意相信这儿正是阿施塔特树林的所在地。就是在这里,在这片被茂密的树木所环绕的地方,曾经举行过那些神圣的仪式。'

"'神圣的仪式?'黛安娜·阿什利带着一种恍惚而迷幻的眼神喃喃自语道,'是些什么样的仪式呢?我真想知道。'

"'根据各种传闻,不是些什么体面的场景,'罗杰斯上尉发出一阵空洞的大笑,说道,'我猜就是些有伤风化的勾当。'

"海登压根儿没理会他。

"'树林的中央应该有一座神殿,'他说道,'虽然不能弄成神殿的样子,不过我还是多少满足了一下自己的小小幻想。'

---

①伊施塔是古巴比伦和亚述神话中掌管爱情、生育及战争的女神。
②艾施特略是古代腓尼基神话中主管爱情与生殖的女神。
③原文"theWall"指的是所谓的"哈德良长城",即罗马占领不列颠期间,为防御苏格兰人的入侵,在英格兰北部修建的防御工事。

"此时我们已经来到了林中的一小块空地。空地的中央有一座石头建成的、凉亭一样的东西。黛安娜·阿什利以询问的目光望着海登。

"'我把那叫做神舍,'他说道,'那就是阿施塔特的神舍。'

"他带着我们走上前去。里面一根粗犷的乌木柱子上有一幅小巧的图案,描绘的是一个头顶月牙形尖角的女人坐在一头狮子身上。

"'腓尼基人传说中的阿施塔特,'海登说道,'月亮女神。'

"'月亮女神!'黛安娜叫道,'啊,让我们今晚来一场野外狂欢吧!化装晚会。我们到时候乘着月光来这里,举行阿施塔特的典礼。'

"我猛地动了一下,埃利奥特·海登——里查德·海登的堂弟,立刻向我转过身来。

"'您不喜欢这些是吧,牧师?'

"'是的,'我认真地说道,'我不喜欢。'

"他好奇地看着我说道:'这真是蠢到家了。狄克怎么可能知道这里真的是个神圣的树林呢。不过是他的想象罢了,他就喜欢按照自己的想法弄些小把戏。再说了,如果曾经……'

"'曾经什么?'"

"'呃……'他尴尬地笑了笑,'您,作为一位牧师,总不至于相信那种事吧?'

"'我不知道作为一名牧师是不是不该相信。'

"'但那种事早就销声匿迹了。'

"'我可不太确定,'我沉思着说道,'我只知道一点——我不属于那种对周围气氛很敏感的人,但从我走进这片树林的那一刻起,我就有一种奇怪的压抑感,觉得被一种邪恶而恐怖的气息笼

罩着。'

"他心神不定地扭头望了出去。

"'是的,'他说道,'不知道怎么回事,是有点……有点古怪。我明白你的意思,但我认为都是我们的想象让我们产生了那种感觉。你说呢,西蒙兹?'

"沉默片刻之后,那位医生才轻轻说道:'我不喜欢这儿。我说不出为什么。不管怎么样,我就是不喜欢这个地方。'

"就在这时,维奥莱特·曼纳林来到了我跟前。

"'我恨这个地方,'她叫道,'我恨这个地方。我们离开这儿吧!'

"我们开始往回走,其他人也跟在我们身后,只有黛安娜·阿什利迟迟未动。我扭过头去,看见她站在神舍前面,目不转睛地盯着上面的图案。

"那天风和日丽,天气格外炎热,大家欣然接受了黛安娜·阿什利晚上开化装晚会的建议。于是,随着笑声和窃窃私语声,热火朝天的准备工作在暗中进行着。当我们都为晚会装扮好了以后,自然又是一番喧闹。罗杰斯先生和太太装扮的是新石器时代的原住民,难怪几块炉前地毯忽然不见了。里查德·海登自称为一位腓尼基时代的水手,他的堂弟装扮成了一个强盗头子。西蒙兹大夫装扮成了一个厨师。曼纳林夫人扮成了一位护士,而她的女儿则把自己扮成了一个切尔克斯女奴。我自己扮成了一个修道士,在那样的天气里可是够热的。黛安娜·阿什利最后一个下楼,令大家大失所望的是,她只穿了一套常见的那种带面具的化装舞会外衣。

"'我扮的是,'她欢快地说道,'一个神秘角色。现在,看在上帝的分儿上,我们开饭吧!'

"晚饭过后,我们都到了外面。那是一个迷人的夜晚,微风徐徐,月亮刚刚升到空中,温暖又明亮。

"我们漫无目的地边走边聊,时间过得飞快。直到一小时之后,才有人注意到黛安娜·阿什利没和我们在一起。"

"'天哪,她该不会上床睡觉了吧!'里查德·海登说。

"维奥莱特·曼纳林摇了摇头。'哦,不是。'她说道,'一刻钟之前,我看见她往那个方向去了。'她边说边指了指月光下那片黑暗而幽深的密林。

"'我想知道她到那儿去干什么,'理查德·海登说道,'肯定是个恶作剧,我敢打赌。咱们去看看吧。'

"我们所有人都一同前往,对阿什利小姐究竟去干什么多少有点好奇。然而,就我个人而言,却不太愿意走进那片暗藏危机的黑暗密林。仿佛有种神秘的力量拉着我,极力阻止我进去。我比任何时候都更加坚信,那个地方一定有某种邪恶的属性。我想其他人应该也和我有同感,只是他们不愿意承认罢了。林中的树木稠密得连月光都透不进来,我们四周充满了似有似无的声响,像是低语,又像是叹息。大家害怕极了,出于本能紧紧靠在一起。

"突然间,我们来到了那片林中空地,并且立刻惊呆了。在那神舍的门槛上,站着一个发出微光的身影,她全身都紧紧裹着半透明的薄纱,盘起的乌发上插着两只新月形的尖角。

"'天啊!'里查德·海登叫道,额头上冒出了冷汗。

"维奥莱特·曼纳林的声音更加尖厉。'天啊,那是黛安娜啊,'她惊呼道,'她干了些什么呀?她看起来不太对劲!'

"门前的那个身影高高举起了双手。她向前走了一步,用一种甜美的嗓音吟诵道:'我是阿施塔特的女祭司。'她以催眠般的

声音低声念诵道,'当心,别靠近我,因为我手中握着死亡。'

"'别这样,亲爱的。'曼纳林夫人抗议道,'你把我们吓得汗毛都立起来了,真是的。'

"海登突然径直向她走了过去。

"'上帝啊,黛安娜!'他叫道,'你太棒了!'

"我的眼睛逐渐适应了月光,现在可以看得更清楚了。正如维奥莱特说的,她看上去的确不太对劲。她脸上那种东方式的神秘色彩更加浓郁了,眯成缝的双眼中透出一道凶光,嘴角上挂着一丝我从未见过的怪异的微笑。

"'当心!'她警告道,'别靠近女神。如果有人胆敢碰我一下,他必死无疑。'

"'你真是太棒了,黛安娜。'海登叫道,'不过到此为止吧。我不太想说……不过我不太喜欢这样。'

"他穿过草地继续向她走去,而她突然放下一只手指着他。

"'站住!'她喊道,'再走近一步,我就要用阿施塔特的魔法惩罚你!'

"理查德·海登笑了起来,并且加快了步伐。就在这时,奇怪的事情发生了。他摇晃了一下,接着像是被绊倒了似的,一头栽了下去。

"他再也没有站起来,就这么躺在了倒下去的地方。

"突然,黛安娜发出了一阵歇斯底里的笑声。这怪异而可怕的声音划破了林中的寂静。

"埃利奥特骂了一句,冲上前去。

"'我受不了了!'他喊道,'起来,迪克[①]!起来呀!老

[①] 迪克是理查德的昵称。

兄！'

"然而，理查德·海登还是趴在倒下去的地方。埃利奥特来到他的身边，在他身旁跪下，轻轻地把他翻了过来，俯身凝视着他的脸。

"接着，埃利奥特猛地站了起来，身子有些摇晃。

"'大夫，'他喊道，'大夫，看在上帝的分儿上，快过来。我……我想他死了。'

"西蒙兹跑了过去，而埃利奥特拖着沉重的步子又回到了我们这边。他低着头，用一种我不太理解的神情看着他的手。

"这时，黛安娜发出了一声尖叫。

"'我杀了他！'她喊道，'哦，上帝啊！我不是存心的，可我却杀了他。'

"接着她昏死了过去，身子扭成一团倒在草地上。

"罗杰斯太太尖叫了起来。

"'哦，我们快离开这鬼地方吧！'她嚷叫着说道，'这地方什么事都可能发生。太可怕了！'

"埃利奥特抓住了我的肩膀。

"'这不可能，兄弟！'他喃喃道，'我跟你说，这不可能！一个人是不可能被那样杀死的。那……那不合常理。'

"我努力劝慰他。

"'一定有某种解释的，'我说道，'你堂兄一定有他自己也不知道的心脏方面的毛病。受到惊吓，因此情绪激动——'

"但他打断了我。

"'你不明白。'他说着，把手举起来给我看，我看见他的手上有块红色的污迹。

"'迪克不是死于惊吓，他是被刺死的，心脏被刺穿了，但身

上却没有任何凶器。'

"我难以置信地看着他。这时,西蒙兹检查完尸体之后站起了身,向我们走来。他脸色苍白,浑身发抖。

"'我们全都疯了吗?'他说道,'这是什么鬼地方……居然会发生这样的事?'

"'看来真是如此了。'我说道。

"他点了点头。

"'从伤口来看,凶器是一把长而薄的匕首,但尸体上却没有匕首。'

"我们都面面相觑。

"'可它肯定在那儿,'埃利奥特·海登叫道,'肯定是从他身上掉了下来,就在草地上的什么地方。我们找找看。'

"我们徒劳地在地上四处查看。维奥莱特·曼纳林突然说道:

"'黛安娜手里拿着什么东西。像是一把匕首。我看见了。当她威胁他的时候,我看见那东西在闪光。'

"埃利奥特·海登摇了摇头。

"'他离她最少也有三码远。'他反驳道。

"曼纳林夫人向倒在地上的黛安娜俯下身去。

"'她手里现在什么都没有了,'她宣布道,'我在地上也找不到什么东西。你肯定看到过那匕首吗,维奥莱特?我可什么也没看到。'

"西蒙兹来到了黛安娜身边。

"'我们必须把她弄到屋里去,'他说道,'罗杰斯,你来帮帮我好吗?'

"我们把人事不省的黛安娜抬回了房子,然后又回去搬理查德爵士的尸体。"

彭德博士有点不好意思地停了下来,看了看四周。

"如今大家更懂常识,"他说道,"这多亏了侦探小说的普及。连街上的孩童都知道尸体应该放在原来的地方。但那时候我们不懂这些,所以我们把尸体搬回了他那幢方方正正的花岗岩房子的卧室里,再派男管家骑车去找警察——有十二英里路程。

"这时,埃利奥特把我拉到了一边。

"'听着,'他说道,'我要回到林子里去。一定能找到凶器。'

"'如果真有凶器的话。'我充满疑虑地说道。

"他抓住我的双臂用力摇了摇。'你满脑子都是那些迷信的东西。你认为他的死是超自然力量造成的。好吧,我这就回到林子里去看看是不是那样。'

"我说不出为什么特别反对他这样做。我使尽浑身解数劝他不要去,但毫无作用。一想到那片密不透风的林子,我就特别反感。而且我有一种强烈的预感,还有灾祸要发生。可埃利奥特却固执到了极点。我想,其实他是被吓坏了,只是不肯承认罢了。他全副武装地出发了,决心一定要把谜团翻个底朝天。

"那是一个可怕的夜晚,我们谁也睡不着,也毫无睡意。警察来了,很明显对我们所说的一切完全不信。他们坚持要询问阿什利小姐,但是遭到了西蒙兹大夫的强烈反对。阿什利小姐已经从之前的昏迷或是催眠状态中苏醒了过来,他建议她好好睡一觉。因此明早以前,谁也不能打扰她。

"直到早上七点才有人想起埃利奥特·海登,西蒙兹突然问他去哪儿了。我告诉了他埃利奥特的去向,西蒙兹阴沉的脸变得更加阴沉了。'真希望他没那么做。那……那太莽撞了。'他说道。

"'你不会认为他会发生什么意外吧?'

"'希望不会。我觉得……彭德,你和我最好去看看。'

"我知道他是对的,但我仍然鼓足了勇气才接受了这个差事。我们一起出发,又一次进入那片充满厄运的林子。我们喊了他两次,但没有回应。几分钟之后,我们来到了那块空地,晨光中,它看起来更加苍茫而诡秘。西蒙兹一把抓住我的胳膊,而我则发出了一声低低的惊叫。昨晚,在月光下,我们曾经目睹一个人的尸体面朝下倒在了草地上。现在,在晨光中,同一情景又出现在了我们面前。埃利奥特·海登正好倒在他堂兄倒下去的地方。

"'上帝啊!'西蒙兹说,'他也被害了!'

"我们一起跑过了草地。埃利奥特·海登昏迷不醒,但还有微弱的呼吸。这次的原因一目了然。一把长而薄的青铜制成的凶器仍然留在伤口上。

"'匕首刺穿了他的肩膀,而不是心脏。太走运了。'大夫说道,'以我的灵魂起誓,我真不知道该说什么了。不管怎么说,他没死,他能告诉我们到底是怎么回事了。'

"但是埃利奥特·海登没能做到。他的叙述极其含糊。他曾经徒劳地四处搜寻那把匕首,最终还是放弃了。他在神舍附近站了一会儿。就在那时,他有一种越来越强烈的感觉,觉得密林中有人在盯着他。他竭力想摆脱这种感觉,却怎么也甩不掉。他描述说有一股诡异的冷风向他袭来,但是风不是从树林中,而是从那间神舍里面吹出来的。他转过身,向里面窥视。他看到了那个小小的女神图案,而且觉得自己出现了幻觉,那个图案好像变得越来越大。接着他突然觉得脑袋像是遭受了重重一击,就倒了下去,倒下的时候,他感到左肩传来一阵尖锐的剧痛。

"经鉴定,那把匕首是从山上的古墓里发掘出来的,理查德·海登买下了它。至于他把它放在哪儿,是在房子里,还是在那座神舍里，就没人知道了。

"警方认为，他们通常也都这么认为，是阿什利小姐蓄谋刺杀了理查德·海登，但我们一致目击证明当时她始终未曾接近他三码以内，因此他们无法指控她。整个事件就这么不了了之，成了一个谜。"

一阵沉默。

"好像没什么可说的了。"乔伊斯·雷蒙皮埃尔最后说道，"整件事是那样可怕，那样不可思议。您自己没有什么解答吗，彭德博士？"

老先生点了点头。"有的，"他说道，"我有一种解答——算是一种解答吧，相当奇怪。但对我来讲，仍然有一些未能解释的地方。"

"我参加过降神会，"乔伊斯说道，"随你们怎么讲吧，的确会发生一些很奇怪的事。我想这些怪事都可以用催眠加以解释。那个姑娘真的进入了阿施塔特女祭司的状态，我觉得不管怎么说，就是她刺杀了那个人。也许她把曼纳林小姐看到她手里拿的那把匕首投掷过去了。"

"或者也许是根长矛。"雷蒙德·韦斯特说道，"毕竟，月光不是太明亮。也许她手里拿了根长矛，在一定距离处刺死了他，然后我想就是群体性催眠的作用了。我是说，你们先入为主地认为他是被超自然的力量击倒的，然后就会觉得自己看到的也正是如此。"

"我在表演厅里见过许多不错的玩刀和匕首的把戏。"亨利爵士说道，"我想可能有人躲在树林里面，从那里他能很准确地把刀或匕首掷出去，当然了，他一定是受过专门训练的。我承认这是有些牵强，但这似乎是唯一合理的解释。大家还记得吧，另一个受害者明确说觉得有人在树林里盯着他。至于曼纳林小姐说阿什利小姐手中有一把匕首,而其他人却说没有,对此我丝毫不觉得奇怪。如果你们有过我的职业经历,就会知道五个人对同一件事的描述有时差异会大得令人难以置信。"

帕特里克先生干咳了几声。

"在所有这些推测中,我们好像都忽略了一个基本事实,"他说道,"那就是凶器。阿什利小姐站在一片空地的中央,几乎不可能处理掉一根长矛;如果是一个隐藏的凶手掷出了匕首,那么当尸体被翻过来的时候,匕首应该还在伤口上。我认为,我们必须抛弃那些牵强的推测,回到纯粹的事实上来。"

"那么,纯粹的事实引导我们得出了什么结论呢?"

"好吧,有一点是清楚无误的。他被击倒时没有人在他的身旁,因此唯一能刺杀他的人只有他自己。实际上,这是自杀。"

"可他到底为什么要自杀呢?"雷蒙德·韦斯特深表怀疑地问道。

律师又干咳了几声。"啊,那又是一个理论上的问题了。"他说道,"不过现在我对这些理论层面的问题并不关心。抛开所谓的超自然力量,我从来就不相信这些。对我来讲,这是这个事件的唯一解释。他刺杀了自己,在他倒下的同时,他的胳膊甩了出去,把匕首从伤口上拔了出来并远远地甩到树林深处去了。我认为,尽管有点不可思议,这可能就是事情的全部经过。"

"我不敢说我有把握,"马普尔小姐说道,"这一点确实让我感到困惑。但奇怪的事的确会发生。去年在夏普莱太太的花园聚会上,那位组织钟面高尔夫[①]的人被一个号码牌给绊倒了。之后

[①] 原文为 clockgolf,是一种十九世纪中期兴起的基于高尔夫运动的游戏,十二个数字号码牌均匀排列成圆周而酷似钟面,参加者依次推球给下一人直至完成一周后进入球洞。

不省人事，足足有五分钟都没醒过来。"

"没错，亲爱的姨妈。"雷蒙德轻声说道，"但是他没被刺死吧，不是吗？"

"当然没有了，亲爱的，"马普尔小姐说道，"那正是我要告诉你的。很显然，可怜的理查德爵士只能是被一种方法刺死的，要是我能知道他一开始是被什么绊倒的就好了。当然，也许是树根吧。他眼睛一直盯着阿什利小姐，月光下，一不留神就会被什么东西绊倒。"

"您说理查德爵士只能是被一种方法刺死的，马普尔小姐？"牧师带着满脸的好奇问道。

"真是件不幸的事，我甚至不愿去想它。他惯用右手，是吗？我的意思是，要刺伤自己的左肩，他肯定惯用右手。我一直为杰克·贝尼斯在战争中的表现感到遗憾。你们还记得吧，经历了阿拉斯的激战之后，他朝自己的脚开枪。我去医院探望他的时候，他向我道出了这件事，并为自己的行为感到羞耻。我希望那个可怜的家伙，埃利奥特·海登，没从他的罪恶勾当中获得太多的好处。"

"埃利奥特·海登！"雷蒙德叫道，"您认为是他干的？"

"我看不出还会有其他人能做得到。"马普尔小姐略感惊讶地睁大了眼睛说道，"我是说，如果我们遵循帕特里克先生的英明教导，只关注事实、抛开那些不太体面的异教神带来的神秘气氛的话。他是第一个来到他身边的人，是他给爵士翻的身，当然他做这一切的时候背对着大家，他装扮成一个强盗头子，腰带上肯定佩有某种武器。我还记得年轻的时候与一位装扮成强盗头子的人跳舞时的情景。他佩戴着五种刀和匕首之类的东西，简直难以形容做他的舞伴有多尴尬和难受。"

所有人都把目光集中到了彭德博士身上。

"我知道了真相。"他说道,"在那场悲剧发生五年以后。埃利奥特·海登给我写了一封信说明了真相。在信中他说他认为我一直在怀疑他。他说都是一时起意。他太爱黛安娜·阿什利了,但他只是一位苦苦挣扎的小律师。如果理查德死了,他就可以继承堂兄的封号和财产,前景将会完全改观。他在他堂兄身边跪下去的时候,匕首从腰带上跳了出来,他想都没想就把匕首刺进了他堂兄的胸膛,然后又插回到腰间。他后来又刺伤了自己以消除别人对他的怀疑。他在动身去南极探险的前夜给我写了这封信,按他的说法,以防他可能回不来。不过我不认为他打算活着回来,而且正如马普尔小姐说的那样,他确实没从他的罪行中得到什么好处。'五年来,'他写道,'我一直生活在地狱中。我希望至少能光荣地死去,以赎清我的罪孽。'"

片刻寂静之后。

"他的确死得很光荣。"亨利爵士说道,"您在故事里换了个名字,彭德博士,但我想我知道您说的是谁。"

"我说过,"老牧师接着说,"我不认为这就解释了一切。我依然认为那密林中有某种邪恶的气氛,正是那种邪恶的气息驱使埃利奥特·海登做出了杀人的举动。直到今天,一想起阿施塔特的神舍,我都会不由自主地浑身战栗。"

第三章 金锭

"我要讲的这个故事恐怕不太符合要求，"雷蒙德·韦斯特说道，"因为我也不知道最终的答案。但是它相当离奇有趣，所以我还是想把它当作一个谜题讲给大家听。说不定我们中有人能找到一些合乎逻辑的解释。

"事情发生在两年前，当时我和一个叫约翰·纽曼的人一起到康沃尔郡去过圣灵降临节周①。"

"康沃尔郡？"乔伊斯·雷蒙皮埃尔急切地问道。

"是的，怎么了？"

"没什么，只是有点奇怪。我要讲的故事也发生在康沃尔郡，在一个叫拉托尔的小渔村里。你讲的和我要讲的该不会是同一件事吧？"

"不是。我要讲的事发生在一个叫波尔佩罗的村子里。它坐落在康沃尔郡西海岸，是一个非常荒凉、岩石嶙峋的地方。我们启程的几周前，有人把我介绍给了这个叫纽曼的人，我发现他是个非常有趣的家伙。他非常聪颖而且富有想法，经常痴迷于一些浪漫主义的幻想。正是拜他新近的爱好所赐，他租下了那座'海浪之屋'。他是一名伊丽莎白时代的历史专家。他绘声绘色、活灵活现地给我讲述了西班牙无敌舰队的溃败。他讲得那么投入，就如同亲身经历过一样。该不会是亡魂附体了吧？我很怀疑……我还真的这么怀疑过。"

---

①圣灵降临节（Whitsunday）是复活节后的第八个周日，圣灵降临节周（Whitsuntide）则是指圣灵降临节之后的一周，是中世纪佃农的三大假期之一。在这一周佃农无需为其雇主劳作服务，其中，圣灵降临次日的周一称作 Whit Monday，直至一九七一年一直都是英国法定节假日。

"亲爱的雷蒙德，你真是太浪漫了。"马普尔小姐慈祥地看着他说道。

"我最缺乏的就是浪漫主义色彩了。"雷蒙德·韦斯特有些不悦地说道，"但纽曼这家伙却是满脑子的浪漫想法，活像是个旧时代的幸存者，这点让我觉得十分有趣。据说无敌舰队里一艘满载黄金的船在康沃尔海岸撞上了著名的魔鬼暗礁，沉没了。纽曼跟我说，多年来，一直有人试图打捞这艘船，想找到那些财宝。我想这类故事数不胜数，那些传说中的财宝船的数量比实际的真正数量不知多了多少。有人曾为此组建了一家公司，但早已破产。纽曼仅仅凭一首歌谣就买下了它的所有权益！他对此倾注了极大的热忱。在他看来，借助最新的科学技术和新式的机械设备，这点问题不在话下。金子就在那儿，他毫不怀疑自己可以把它打捞出来。

"听他的叙述，我觉得这件事似乎是司空见惯的。像纽曼这样的有钱人，想做成什么事都易如反掌，而且十有八九，他对找到的那些财宝值多少钱也并不在意。我必须承认他的热情感染了我。我仿佛看见了那些西班牙大帆船漂向岸边，在风暴中颠簸起伏，被黑色的礁石撞毁。光是西班牙大帆船这几个字就充满了浪漫色彩。'西班牙黄金'一词不仅可以让小学生激动不已，就连成人也会为之心动。加上我当时正在写一本小说，其中的某些场景就发生在十六世纪，我觉得可以从他那里采集到一些有价值的信息。

"那个星期五的早上，我兴致高昂地从帕丁顿车站出发，充满期盼地踏上了旅程。车厢里空空荡荡，除了我之外，只有坐在我对面角落里的一个人。他身材高大，生着一张军人的面孔，我总觉得以前在什么地方见过他。我绞尽脑汁回想了半天，最后终于想了起来。这位旅伴是巴杰沃思警督,我在写有关埃弗森失踪案的系列报道时曾见过他。

"我唤起了他对我的记忆,很快我们就相谈甚欢了。当我告诉他我要去波尔佩罗的时候,他说这简直太巧了,因为他也有公务要到那儿去。我不想让人觉得我好打听,因此小心地不去问他为什么要到那儿去。我转而谈起我对那个地方的特殊兴趣,也谈到了那艘西班牙沉船。让我感到吃惊的是,他似乎对那条船的情况了如指掌。'多半是"胡安·费尔南德斯"号吧,'他说道,'你的朋友不是第一个为了从它身上获得财富而往水里扔钱的人了。那只不过是一个浪漫的传说而已。'

"'也许整个故事只是一个神话,'我说道,'根本就没什么船在那儿沉没过。'

"'哦,那艘船确实是在那儿沉没的。'警督说道,'还有许多船也是在那儿遇难的。要是知道那一带海岸有多少沉船事件的话,你会大吃一惊的。实际上,我正是为此才到那儿去的。六个月前"奥特朗托"号在那儿沉没了。'

"'我记得看到过报道。'我说道,'没有人丧生,对吧?'

"'没有人因此丧命,'警督说道,'但有些别的东西丢了。一般人都不知道,"奥特朗托"号上装载了金锭。'

"'哦?'我相当好奇地说道。

"'我们当然派了潜水员进行打捞,但是……金锭不见了,韦斯特先生①。'

"'不见了!'我瞪大了眼睛看着他,'这怎么可能呢?'

"'这就是问题所在。'警督说道,'礁石把船上的金库撞裂了

---

①字体为仿宋,表强调。

一个洞，潜水员通过那儿很容易就能进去，可他们潜进去才发现金库空空如也。问题是，那些金锭是在船沉没之前还是之后被偷走的？还是说金库里根本就没装着金锭？'

"'这真是一桩离奇的案子。'我说道。

"'特别是考虑到丢的是金锭的时候，这件案子就更加离奇了。那可不是一条钻石项链，你可以把它轻松装进口袋里。想想看那有多么沉重……这件事情几乎是不可能办到的。可能在船启航之前就有人动了手脚；如果不是这样的话，那就是在船沉没之后的这六个月里被搬走了……我就是去调查这件事的。'

"我发现纽曼在车站迎候我。他很抱歉没有开自己的车来，因为车被送到特鲁罗修理了。所以他开了一辆和那座庄园一并租下的农场用的卡车来接我。

"我爬上车，在他旁边坐好。我们小心翼翼地穿行在这个小渔村的狭窄街道中。我们爬上了一个斜坡，估计坡度有二十度，又沿着曲里拐弯的小巷走了一段之后，终于拐进了他的'海浪之屋'的大门，大门的门柱是用花岗岩建造的。

"那是一个迷人的地方，它坐落在高高的海岸峭壁之上，是欣赏海景的绝佳地点。房子的一部分已有三四百年的历史，现代化的侧翼是后来修建的。房子后面是一片六七英亩的农场，一直延伸到岛内。

"'欢迎来到"海浪之屋"，'纽曼说道，'欢迎参观"西班牙宝船"。'他边说边用手指了指，就在前门那里，悬挂着一艘西班牙大帆船的完美复制品，带有全套航海装备。

"我在那儿过的第一晚非常迷人而且收获颇丰。主人给我看了与'胡安·费尔南德斯'号有关的古老手稿。他展开航海图，向我指出上面用虚线标记的位置，告诉我他关于新打捞设备的计划，这一点把我彻头彻尾地搞糊涂了。"

"我告诉了他我在火车上与巴杰沃思警督的相遇经过，他对此很感兴趣。

"'海岸一带的人都比较古怪，'他若有所思地说道，'他们对走私和破坏活动的兴趣是从骨子里透出来的。一旦有船在这一带沉没，他们会理所当然地把那当作是个合法的大发横财的机会。这儿有个人我想让你见见。他是个有趣的原住民。'

"第二天早上阳光明媚，晴空万里。主人带我来到波尔佩罗镇上，并把我介绍给了他的潜水员，一个叫希金斯的人。他面无表情，寡言少语，整个交谈过程中只迸出几个单字作为回答。他们谈了一会儿高难度技术性的问题后，我们去了三锚酒馆。一杯啤酒下肚之后，这位大人物的嘴似乎松了些。

"'从伦敦来的侦探来这里说，'他咕哝道，'他们的确说过去年十一月在这儿沉没的那条船上有好多金子。哼，它不是第一条沉在这儿的船，也不会是最后一条。'

"'听听啊，听听啊，'酒馆老板啧啧作声道，'比尔·希金斯，你可说了句大实话。'

"'我是那么认为的，凯尔文先生。'希金斯说道。

"我好奇地打量着酒馆老板。他长相不一般，一头黑发，皮肤黝黑，肩膀出奇宽。他两眼布满血丝，总是鬼鬼祟祟地避免与别人对视。我怀疑他就是纽曼提到的那个人，那位有趣的原住民。

"'我们海边的人不想招惹外人。'他带着一丝挑衅的口吻说道。

"'你是指警察吗？'纽曼笑着问道。

"'警察……还有别的人，'凯尔文意味深长地说道，'难道您

忘了不成，先生？'

"'知道吗，纽曼，我听他的话像是在威胁你。'我在我们沿路攀上峭壁回家时说道。

"我的朋友哈哈一笑。

"'胡扯！我又没妨碍到这儿的人。'

"我疑惑地摇了摇头。凯尔文有些凶蛮粗野。我觉得他的思维方式可能很奇怪，而且难以捉摸。

"我想就是从那一刻起，我开始变得有些紧张。在那儿的第一天晚上，我睡得很好。但是第二天晚上我却难以入睡，而且时常醒来。星期天清晨，光线昏暗，天色阴沉，天空乌云密布，时不时传来闷雷声。我一向不善于掩饰情绪，纽曼注意到了我的变化。

"'你怎么了，韦斯特？今天早上你很紧张。'

"'不知道为什么，'我承认道，'可我有一种可怕又不祥的预感。'

"'估计是因为天气。'

"'也许是吧。'

"我没再说话。下午我们乘纽曼的摩托艇出海，但大雨倾盆而下，我们高兴地返回岸上，换上干衣服。

"那天晚上，我的紧张情绪有增无减。外面的狂风暴雨一直在肆虐。将近十点的时候，风暴平息了下来。纽曼眺望着窗外。

"'天在放晴，'他说道，'再过半小时，也许天气就会变好了。如果真是那样的话，我想出去走走。'

"我打着哈欠。'我困得要死，'我说道，'昨晚没睡好。今晚我想早点睡。'

"我早早就上床睡觉了。前一天晚上我几乎没睡。那晚我睡得很沉。但没怎么得到放松。我依然被那种不祥的预感困扰着。我做了一些很可怕的梦。我梦见我在许多可怕的深渊和巨大的陷阱之间艰难行进,只要脚下一滑就必死无疑。醒来的时候,手表指针已指向八点。我的头疼得厉害,梦中的恐怖场景仍然浮现在我眼前。

"那种感觉如此强烈,当我走到窗前,推开窗户的时候,我立刻陷入了新的恐惧之中,因为我第一眼看到的、或者说我觉得我看到的是——一个人正在挖一个墓穴。

"过了一会儿我才回过神来。接着我意识到那个所谓的掘墓人其实是纽曼的花匠,而那所谓的'墓穴'实际上是准备用来栽种三棵玫瑰树的,此刻它们正静静地躺在旁边的草地上等待栽种。

"花匠抬头看见了我,用手碰了碰他的帽子向我致意。

"'早上好,先生。今早天气真好啊,先生。'

"'我想是吧。'我不以为然地答道,仍未摆脱那种压抑的情绪。

"其实,花匠说得没错,那是一个相当明媚的清晨。阳光灿烂,天高云淡,一切都预示着当天的天气肯定不错。我哼着小调下楼去吃早饭。纽曼家没有女仆,他住在附近农舍里的两个姐姐每天来照顾他的起居。我进去的时候,她们中的一位正把咖啡壶放在桌子上。

"'早上好,伊丽莎白,'我说道,'纽曼先生还没下来吗?'

"'他准是一大早就出去了,先生,'她答道,'我们来的时候他就不在屋里。'

"我马上又紧张了起来。前两天早上,纽曼都是很晚才下来吃饭的;我从不认为他是一个早起的人。在那种不祥的预感的驱使下，我跑到了楼上他的卧室。房间空空如也，他的床铺根本没人睡过。对房间简单检查一番之后，我又发现了两个问题。如果纽曼曾经出去散步的话，那他肯定是穿着晚礼服出去的，因为那套衣服不在房间里。

"此刻，我确定我那不祥的预感得到了证实。看来纽曼的确出去散步了，就像他说过的那样。但出于某些原因，他却没有回来。到底因为什么呢？他发生意外了？从峭壁上掉下去了？必须马上组织搜查。

"几小时之内，我召集了一大群人来帮忙。我们从不同的方向沿着峭壁和下面的乱石丛展开搜寻，但是连纽曼的影子都没有找到。

"最后，在绝望中，我向巴杰沃思警督寻求帮助。他听闻此事之后脸色变得异常凝重。

"'我看怕是发生了一些肮脏的事情。'他说道，'这一带有不少不太规矩的家伙。你见过凯尔文吗，就是那个"三锚"酒馆的老板。'

"我告诉他说我见过此人。

"'你知道他四年前曾经蹲过监狱吗？打架斗殴。'

"'我一点儿也不感到意外。'我说道。

"'这儿的人都觉得你的朋友太爱打探跟他无关的事了。但愿他没出什么大事。'

"大家接着加倍卖力地搜查。直到那天下午将近黄昏的时候，我们的努力才终于有了回报。我们在庄园一个角落里的深沟里找到了他。他的手脚都被人用绳子牢牢捆了起来，嘴里还塞进了一条手帕以免他喊出声来。

"他已筋疲力尽，疼痛难忍；在活动了一下手脚并痛饮了一顿威士忌之后，他才缓过神来给我们讲述事情的经过。

"昨晚大约十一点左右，天气转晴。他走出房子去散步。他沿着峭壁走到了一个地方，那里因为遍布大小不一的岩洞，一向被人们称为'走私者的海湾'。在那里，他看见有些人正从一条小船往岸上搬东西。他走下去想看个究竟。不管他们搬的是什么，反正看起来非常沉重，这些东西被搬进了最偏远的一个岩洞里。

"虽然没有什么不对劲的地方，纽曼还是有些好奇。他小心翼翼地悄悄靠上前去。这时，突然有人惊叫了一声，立刻就有两个身强力壮的水手向他袭来，把他打得不省人事。等他醒来的时候，发现自己躺在一辆卡车上，卡车正一路颠簸地前进着，他估计卡车正沿着小路从海边往村子里开去。让他大吃一惊的是，卡车居然拐进了通往他住所的大门。那些人嘀咕了一通之后，把他从卡车上拖了下来，然后扔进了一条似乎深不见底的沟里。接着，卡车开走了，他想，车是从离村子只有四分之一英里远的另一道门开出去的。他无法描述袭击他的人的相貌，只知道他们是水手，操着康沃尔口音。

"巴杰沃思警督对此表现出了极大的兴趣。

"'这么说来，那一定就是他们藏匿赃物的地方了。'他说道，'不知道他们是怎么办到的，但他们把东西从沉船里打捞了上来，然后藏在某个岩洞里。众所周知，我们已经搜遍了'走私者的海湾'里的每一个岩洞，正打算去更远的地方搜寻；很明显他们是连夜把赃物转移到某个我们已经搜过、因此没理由会再搜一遍的岩洞里。不幸的是，他们至少有十八个小时的时间可以去处理那些赃物。他们是昨晚发现纽曼先生的，我怀疑我们现在多半没法在那儿找到赃物了。'

"警督立即展开了搜查。他找到了确凿的证据证实了他的推测，金锭曾经在那儿藏匿过，但已经被再次转移了。至于新的藏匿地点，就毫无线索了。

"然而，还有一条线索，第二天早上警督亲自向我指出了这一点。

"'这条小道很少有机动车驶过。'他说道，'有一两处轮胎留下的印痕非常清晰。有一只轮胎上有一个三角形的缺口，这成了一个独一无二的、不容易认错的标记。轮胎的印迹显示车是从大门进来的，另外几处不太清晰的印迹显示车是从另一个门出去的。所以，毫无疑问，这就是我们要找的那辆车。现在有一个问题，为什么他们要从远处那道门开出去呢？在我看来，很显然是因为那辆货车是从村里开出来的。现在我们来看，村里没有多少人有这样的货车，最多也就有两三辆。"三锚"酒馆的老板凯尔文就有一辆。'

"'凯尔文早先是干什么的？'纽曼问道。

"'问得好啊，纽曼先生。他年轻的时候是个职业潜水员。'

"纽曼和我对视了一眼。整个谜团似乎正像一片片拼图一样拼接了起来。

"'你辨认不出凯尔文是不是海边袭击你的那伙人之一吗？'警督问道。

"纽曼摇了摇头。

"'恐怕我不能随便乱说，'他不无遗憾地说道，'我当时真没来得及看清什么。'

"警督好意邀请我跟他一起去了'三锚'酒馆。车库在邻近的一条小街上。车库大门紧闭，但是沿着门边的一条小巷往里走一点，我们发现还有一道小门可以通往车库里面，而这道小门是开着的。简单地查看了一下轮胎后，警督有了满意的发现。'天啊，我们抓住他了！'他兴奋地喊道，'左后轮上有个一模一样的痕迹。好吧，凯尔文先生，我看这次你再怎么滑头也没法脱身了。'"

雷蒙德·韦斯特停了下来。

"这就完了？"乔伊斯说道，"到现在我也没发现还有什么悬而未决的问题……除非是他们没找到那些黄金。"

"他们当然没找到黄金，"雷蒙德说道，"而且他们也根本没逮住凯尔文。他太狡猾了，他们根本不是对手；但是我还是没弄明白他究竟是怎么办到的。有那个轮胎印子的证据，他马上就被逮捕了。但是一个匪夷所思的情况出现了。就在车库大门的对面有一幢小别墅，是一位女画家租下来避暑的。"

"哦，这些女画家们！"乔伊斯边说边笑了起来。

"正像你说的那样，'哦，这些女画家们！'我们谈到的这位已经病了好几个星期了，有两位医院护士在看护她。那天的夜班护士把她的轮椅推到了窗前，窗帘是拉开的。那个护士宣称，如果货车从对面车库开出来的话，是不可能躲过她的视线的。她发誓说那辆货车那天晚上根本就没离开过那间车库。"

"我想那不是问题。"乔伊斯说道，"那个护士可能睡着了。她们经常这样。"

"那……呃……也有可能，"帕特里克审慎地说道，"但是我觉得不经过仔细推敲，不能轻易相信这些证据。在接受那位护士的证词之前，我们必须小心考察她是否诚实可信。这种简单的、惊人的不在场证明总是让人心生疑惑。"

"那位女画家也作了证，"雷蒙德说道，"她宣称她一直深受病痛折磨，基本整夜没睡。那辆货车如果开出来过的话，她一定会听得到。那辆破车动静那么大,而那晚在风暴过后又格外宁静。"

"嗯,"牧师说道,"那确实是一个旁证。凯尔文自己有不在场证明吗?"

"他声称十点钟以后他就在家里睡觉了,但是没有证人可以证实这一点。"

"那个护士睡着了,"乔伊斯说道,"那个女画家也睡着了。病人们总是认为他们整晚都没睡着。"

雷蒙德·韦斯特带着询问的目光望着彭德博士。

"你们知道吗?我特别为那个叫凯尔文的人感到遗憾。在我看来,这就是典型的先入为主的偏见。凯尔文坐过牢。在这个案子中,除了那个非常特别因此不太可能是巧合的轮胎印迹之外,并没有什么别的证据可以指控他,只是他不幸有过前科而已。"

"亨利爵士,您怎么看?"

亨利爵士摇了摇头。

"碰巧,"他微微一笑说道,"我了解一些这个案子的情况。所以,我还是先别说的好。"

"好吧,继续,简姨妈,您就没有什么要说的吗?"

"等一下,亲爱的。"马普尔小姐说道,"我想我数错针了。两针反针,三针平针,退一针,两针反针……嗯,这就对了。刚刚你说什么了,亲爱的?"

"您的看法呢?"

"你不会喜欢我的看法的,亲爱的。我注意到了,年轻人是不会喜欢我的看法的。我最好还是别说了。"

"没有的事。简姨妈,快说吧。"

"好吧,亲爱的雷蒙德,"马普尔小姐放下她手中的织物,看着她的外甥说道,"我真觉得你挑选朋友的时候应该更小心一些。亲爱的,你太轻信于人,太容易上当受骗了。我想那都是因为你是一位作家,想象力太丰富了。那些西班牙大帆船的鬼话!如果你年长几岁,生活阅历再丰富一些的话,马上就会警惕起来的。对一个认识才几周的人,也是同理!"

亨利爵士突然爆发出一阵大笑,并且连连拍打自己的膝盖。

"雷蒙德,这次可说中你了。"他说道,"马普尔小姐,您太棒了。年轻人,你的朋友纽曼还有另一个名字……实际上他有好多个化名。眼下,他不在康沃尔郡而在德文郡……在达特穆尔,说得再准确点,是在王子镇监狱服刑。我们当时抓他倒不是因为偷金锭的勾当,而是因为抢劫伦敦一家银行的金库。之后我们调查了他以前的犯罪情况,结果在'海浪之屋'的花园里发现了一大批埋在那里的金锭。这真是个周密的计划。康沃尔郡沿海到处都是藏宝船的故事,可以作为潜水探查乃至最终发现黄金的幌子。但是他还需要一个替罪羊,于是凯尔文就成了最理想的人选。纽曼把他的戏演得非常好,而我们这位鼎鼎大名的作家雷蒙德,就被利用做了一位可信的目击证人。"

"可是轮胎的印迹怎么解释呢?"乔伊斯反驳道。

"哦,我马上就明白是怎么回事了,亲爱的,尽管我不太懂车。"马普尔小姐说道,"你知道,轮胎是可以换的,我经常看到他们更换轮胎。当然,他们可以从凯尔文的卡车上卸下一个轮胎,把它从车库的小门弄出来,经过小巷,再把它装在纽曼先生的卡车上,然后从临近村子的门开到海边,装上金锭,再从另一个门开进来,然后他们必须把轮胎重新装回到凯尔文的卡车上。与此同时,我猜,另外有人正在那条沟里把纽曼先生捆起来。那滋味肯定不好受,而且恐怕他也没想到大家居然过了那么久才找到他。我想那个自称是花匠的人肯定也参与了这一勾当。"

"您为什么说'自称是花匠',简姨妈?"雷蒙德好奇地问道。

"哦,他不可能是个真正的花匠,不是吗?"马普尔小姐说道,"众所周知,花匠在圣灵降临节的星期一是不干活的。"

她微微一笑,又重新拿起她的织物。

"正是这个小小的疑点把我的思路带上了正轨。"她看着对面的雷蒙德说道。

"亲爱的,等你成了家,有了你自己的花园以后,你就会了解这些琐事的。"

第四章　血染的石板路

"你们可能会觉得有点奇怪,"乔伊斯·雷蒙皮埃尔说道,"但我真的不太想讲我的故事。那是很久以前的事了,确切地说是五年前了……但它一直阴魂不散地纠缠着我。这段回忆表面阳光和煦,背后却隐藏着罪恶。奇怪的是,我当时画的那幅素描居然也沾染上了这种气息。初看上去,那不过是一幅素描草稿,描绘了康沃尔郡一条洒满阳光的陡峭小街而已。但注视它足够长的时间之后,就会感到它逐渐透出了一股不祥的气息。我没把这幅画卖掉,但也不想再看到它。它就待在我画室的一个角落里,画面对着墙放着。

"事情发生在一个叫拉托尔的地方。那是一个不寻常的康沃尔郡小渔村,相当古朴,实际上有点古朴过头了。到处都是那种'康沃尔老茶馆'的风格。随处可见的商店里都是一批剪着齐额短发、身穿宽松罩衫的姑娘们正忙着在羊皮纸上手绘各种古老的箴言。这地方漂亮、雅致,但也相当做作。"

"这我还不知道嘛,"雷蒙德·韦斯特哀叹道,"我想这就是旅游观光无法逃脱的命运。无论通向村子的小路有多窄,没有一个看似古朴的村子是善茬儿。"

乔伊斯点了点头。

"通往拉托尔的小路确实很窄,而且非常陡,简直像屋顶的斜面那么陡。好了,接着讲我的故事。我到康沃尔准备待两周,画些写生素描。拉托尔有一座古老的小旅馆叫'波哈维思碉堡'。据推测,它是一五〇〇年左右西班牙人炮轰这里之后唯一幸存下来屹立不倒的建筑。"

"不是炮轰。"雷蒙德皱着眉头说道,"叙述历史要准确,乔伊斯。"

"好吧,反正他们带着枪炮上了岸,一通开火之后房屋都倒了。不过我要讲的不是这个。那家小旅馆是座很棒的老建筑,正面是四根柱子的门廊。我找到了一个非常好的位置,准备工作做完,一切就绪;这时,一辆轿车从小山上蜿蜒而下,缓缓开了过来。当然,那辆车正如大家所料停在了旅馆前面,正好是在最碍我事的地方。车里的人走了下来,一男一女,不过我没有特别留意他们。只记得女的穿了一身淡紫色的亚麻布套装,戴了一顶淡紫色的帽子。

"不一会儿,那个男的又从旅馆走了出来。让我喜出望外的是,他把车开到了码头并把它留在了那儿。他信步走了回来,从我边上经过,径直走向旅馆。就在这时,又有一辆该死的车开了过来,车里的那个女人穿了一件我所见过的最刺眼的印花布连衣裙,我想是猩红色的一品红图案,戴着一顶大概是古巴产的大草帽,也是刺眼的猩红色。

"这个女人没在旅馆前停车,而是沿着街把车开到了另一家旅馆。然后她下了车,那个男人看见她便惊呼了起来。'卡洛,'他喊道,'老天,这真是太棒了。想不到能在这种偏僻的地方见到你。好多年没见你了。嗨,马杰里也在这儿,我妻子,你知道的。你一定得来见见她。'

"他俩肩并肩地沿着路向旅馆走去,我看见另一个女人已经从大门出来,正向他们走去。那个叫卡洛的女人从我身边经过的时候,我瞟了她一眼,只看见了她那涂得雪白的下巴和猩红耀眼的嘴唇。我真想知道马杰里是否高兴见到她。我没有从近处见过马杰里,但从远处看,她有点邋遢,相当古板守旧。

"当然,这些都不关我的事,但是有时生活中不经意的一瞥也会让你不禁开始思索。我能听到从他们站的地方飘来的只言片语。他们在讨论游泳的事。那个丈夫,好像叫丹尼斯,想租一条船沿着海岸划一划。他说,有一个很有名的岩洞值得一看,大约一英里远。卡洛也想去看看那岩洞,但她建议沿着峭壁走过去,从陆地上观赏。她说她讨厌船。最后他们找到了一个折中的办法——卡洛沿着峭壁走过去,和划船过去的丹尼斯和马杰里在岩洞那儿会合。

"听他们谈论游泳,勾起了我游泳的欲望。那天上午非常炎热,我的画进行得也不怎么顺利。此外,我希望下午的光线会令景色更迷人。于是我收拾好东西,去了一个只有我知道的小海滩——正好在岩洞的反方向,那算是我的一个发现。我游得十分畅快,吃了一个牛舌罐头和两个西红柿当作午餐,下午我信心十足、热情满满地回到了村里准备继续画我的画。

"整个拉托尔静谧得像是睡着了似的。我对下午光线的估计没错,阴影的效果妙不可言。'波哈维思碉堡'是我素描的主题。一缕阳光斜斜地照在旅馆前的地面上,产生了一种奇特的效果。去游泳的那三个人应该都安全返回了,因为有两件泳衣,一件猩红色的和一件深蓝色的,正挂在阳台上晒干。

"我的画的一角出了点小问题,我俯身片刻把它弄好。等我再次抬起头来的时候,发现魔术般地出现了一个人,正斜靠在'波哈维思碉堡'的一根廊柱上。他穿着一件海员穿的衣服,我猜可能是个渔民。他长着乌黑的络腮胡子,如果要找一个邪恶的西班牙船长模特的话,没有比他更合适的了。我兴奋地匆忙拿起画笔,想赶在他离开之前把他画下来,尽管从他的神情看,他好像是打算靠着那根柱子直到永远的。

"当然,他最终还是挪了地方,不过幸运的是,在他离开之前,我已把我想画的画了下来。他向我走过来,开口说起了话。哦,那个人真是滔滔不绝。

"'拉托尔,'他说道,'是个非常有趣的地方。'

"我承认那儿很美,但是尽管我表示了赞同,我还是没能逃过他那滔滔不绝的讲述。我被灌输了这个村子被炮轰,我是说被毁灭的整个历史。'波哈维思碉堡'的老板是最后一个被杀害的。就在自家门前,被一位西班牙船长的剑刺穿了胸膛。他的血喷溅到了石板路上,此后一百多年来都没人能把那血迹洗掉。

"絮絮叨叨的话语与下午那慵懒困倦的感觉很相配。那个人的语气很世故圆滑,但是其中也有些令人不安的情绪。尽管他的态度非常谦卑,但我觉得在这谦卑态度的背后,其实他很冷酷。他让我比以往任何时候都更加充分了解到宗教裁判所以及西班牙人犯下的其他种种暴行。

"他喋喋不休的时候我一直在画画,突然发现在他讲的故事的影响下,我竟然画上了一些本来没有的东西。'波哈维思碉堡'门前的石板路上,被阳光斜斜照着的那方洁白的石板上竟然被我画上了血迹。这真是大脑跟手开的一个不一般的玩笑。但是当我再次向旅馆望过去的时候,我又大吃一惊。我的手画下的正是我的眼睛所看到的——洁白的石板路上的点点血迹。

"我瞪大了双眼凝视了一两分钟。然后闭上双眼,对自己说道,'别犯傻了,其实那儿什么都没有。'然后我又睁开了双眼,可是血迹仍旧在那儿。

"我突然感到忍无可忍,打断了那个渔民的话。

"'告诉我,'我说道,'我的视力不太好。那边的石板路上真的有血迹吗?'

"他宽容而和蔼地看着我。

"'现在没有血迹了,女士。我跟你讲的都是将近五百年前的事了。'

"'是的,'我说道,'可是现在……石板路上……'话到了嘴边却没说出来。我早就知道……我早就知道他看不见我看到的东西。我站起身来与他握了握手,收拾起我的画具。我正忙着收拾的时候,早晨开车来的那个年轻人从旅馆里走了出来。他茫然地向街的两头张望着。上面的阳台上,他的妻子出来收起了晒干的泳衣。他沿街向他停车的地方走去,但又突然转身,穿过街道向那渔民走了过来。

"'告诉我,老兄,'他说道,'你知不知道开第二辆车的那位女士回来了没有?'

"'穿着满是花的衣服的那位女士吗?没有,先生,我没见她回来。她今天上午沿着峭壁朝岩洞的方向走了。'

"'我知道,知道。我们一起游过泳,后来她离开了,我们要走着回来,从那以后我就再没见过她了。她不可能耽搁这么久的。这儿的峭壁不危险吧?'

"'那要看您走哪条路了,先生。您最好是找一个认识路的人带您走。'

"很明显他在暗示什么,而且他开始努力促成这一目的,但是那个年轻人粗暴地打断了他,跑回到旅馆,冲阳台上他的妻子喊道:

"'马杰里,卡洛到现在还没回来。你说怪不怪?'

"我听不清马杰里的答话,但她丈夫继续说道:'好吧,我们不能再等下去了。我们必须接着赶路去澎莱塔了。你准备好了吗?我去把车开过来。'

"他去把车开了过来,不一会儿,他们双双驾车离开了。与此同时,我一直在鼓起勇气想去证实一下我此前的幻觉有多可笑。车开走以后,我走到旅馆前,仔细地检查了一下石板路。果然,那儿没有血迹。所有的一切都是我那被歪曲了的想象力的产物。但是,这似乎让整件事变得更令人不安了。我正站在那儿发呆的时候,听到了那个渔民的声音。

"他正用奇怪的眼神看着我。'您真的觉得自己看见这儿有血迹了,是吗,女士?'

"我点了点头。

"'这太奇怪,太奇怪了。我们这儿有种迷信的说法,女士。如果有人看见了传说中的血迹……'

"他停了下来。

"'会怎样呢?'我说道。

"他操着他那柔和的康沃尔口音接着说了下去,但语气不知不觉间变得直率而清晰了起来,完全没有了康沃尔郡人讲话时拐弯抹角的习惯。

"'据说,女士,如果有人看见了传说中的血迹的话,二十四小时之内肯定会有人死掉。'

"毛骨悚然!一股寒气沿着我的脊椎骨沉了下去。

"他继续滔滔不绝地说道:'教堂里有一块有趣的碑,女士,是关于一起死亡事件的……'

"'不用再说了,谢谢。'我果断地截住话头,接着转身沿着小路直奔我租住的小屋。我刚到小屋,恰好远远看见那个叫卡洛的女人沿着峭壁边的小路回来了,行色非常匆忙。在灰色岩石的映衬下,她犹如 朵有毒的猩红色花朵。她的帽子也像血一般殷红……

"我打了个哆嗦。真的,我当时满脑子想的都是血。

"过了一会儿,我听见她发动车子的声音。我在想她是否也要去澎莱塔,但她却把车开上了左边那条去往相反方向的路。我看着车爬上山丘没了踪影,才长舒了一口气。拉托尔又恢复了它那静谧安详的样子。"

"如果这就完了的话,"乔伊斯刚停下来,雷蒙德·韦斯特就迫不及待地说道,"我这就告诉你我的结论,你消化不良,眼花了。"

"还没完呢,"乔伊斯说道,"我正要接着讲下去。两天后,我在报纸上看到了一则新闻,标题是'下海游泳不幸丧生'。新闻说丹尼斯·戴克上尉的妻子,戴克太太,在朗德湾离海岸稍远的地方游泳时不幸溺水而亡。当时,她和她丈夫一起住在那儿的一家旅馆里,他们本打算去游泳,但一阵冷风刮了起来。戴克上尉说天太冷,于是他就与住在旅馆里的其他一些人去了附近的高尔夫球场。但是戴克太太觉得不太冷,于是她独自去了海湾。发现她没回来后,她丈夫觉得有些不对头,就与他的几个朋友一起去海边寻找。他们在一块岩石边上发现了她的衣服,但是却没有发现这位不幸女士的踪迹。直到近一周以后,她的尸体才被海水冲到很远处的海岸上。她死前头上曾遭受过重击,据推测可能是她跃入海水中时撞到了礁石。我估算了一下,她死亡的时间应该刚好是在我看到血迹后的二十四小时之内。"

"我抗议,"亨利爵士说道,"这根本不是个谜题……就是个鬼故事而已。很明显雷蒙皮埃尔小姐是一位灵媒。"

帕特里克像以往那样轻咳了一声。

"有一点让我放心不下……"他说道,"就是头上那一击。我认为,我们不能排除犯罪的可能。但是我觉得我们没有什么信息可供分析。雷蒙皮埃尔小姐看到的景象是幻觉也好、是真实存在的也罢，确实很有意思，但我不清楚她想让我们判断什么。"

"就是消化不良加上巧合而已。"雷蒙德说道，"再说了，你也不能肯定，报上说的和你见过的是同一批人。另外，那个诅咒或者什么玩意儿的，估计也只对当地人才应验吧。"

"我觉得，"亨利爵士说道，"那个一脸凶相的渔民与这件事应该有点关系。不过我赞同帕特里克先生的观点，雷蒙皮埃尔小姐给我们提供的信息太少了。"

乔伊斯转向彭德博士，他只是微笑着摇了摇头。

"这是个很有趣的故事。"他说道，"但是恐怕我和亨利爵士还有帕特里克先生的看法一致，可供我们分析的信息太少了。"

乔伊斯又转向马普尔小姐，好奇地看着她，后者报之以微微一笑。

"我也觉得你有一点不公平，亲爱的乔伊斯。"她说道，"当然，对我来说就不一样了。我是说……我们，身为女人，我们对服饰有着特殊的敏感性。但同样的问题对先生们而言，就不太公平了。这需要数次快速更换装扮。好一个恶毒的女人！还有一个更恶毒的男人！"

乔伊斯瞪大了眼睛看着她。

"简姨妈，"她说道，"我是说……马普尔小姐，我相信……我完全相信您已经猜到了真相。"

"哦，亲爱的，"马普尔小姐说道，"我坐在这儿平心静气地听你讲，比你当初可好过多了……而且作为一位艺术家，你更容易受到气氛的影响，不是吗？静静地坐在这儿编织点东西，会更容易发现真相。血迹是从挂在上面的泳衣滴到石板路上的，当然了，因为泳衣是红色的，罪犯们没注意到上面沾了血。可怜的孩子，可怜的姑娘！"

"打断一下，马普尔小姐，"亨利爵士说道，"您得知道我还一头雾水呢。似乎您和雷蒙皮埃尔小姐都明白您在说的这些，可我们这些男人们还都毫无头绪呢。"

"现在我告诉你们这故事的结局。"乔伊斯说道，"一年以后。我正在东海岸一处小小的海滨度假地写生，突然间一种似曾相识的感觉涌上了我的心头。我面前的人行道上有两个人，一男一女，正在与另一个人寒暄，是个穿着一件满是猩红色一品红图案印花衣服的女人。'卡洛，这简直太棒了！没想到这么多年以后能在这儿见到你。你不认识我妻子吧？琼，这是我的一位老朋友，哈丁小姐。'

"我马上就认出了那个男人。他就是我在拉托尔见过的那个叫丹尼斯的人。他换了太太，这次是个叫琼的女人，而不是那个马杰里，可她们都是同一类型的女人，年轻、相当邋遢、很不引人注目。一时间，我觉得我要疯了。他们开始谈论游泳的事。我告诉你们我做了什么。我立刻径直奔向了警察局。我知道他们可能会觉得我脑子有毛病，但我不在乎。但事情进展得却很顺利。那里有一位苏格兰场的人，他正是为此而来的。似乎……哦，讲起来都觉得可怕……警方已经盯上了丹尼斯·戴克。那不是他的真名，他在不同的场合下有不同的化名。他四处物色女孩子，通常都是些安静而不起眼的姑娘，又没有什么家人朋友。他和她们结婚，给她们投保巨额保险，然后……哦，太可怕了！那个叫卡洛的女人才是他真正的妻子，他们总是使用同一套手段。正是这一点让警察盯上了他。保险公司也开始产生怀疑了。他总是带着他的新太太来到某处僻静的海边，接着另一个女人就会看似偶然地出现，然后他们会一起去游泳。杀掉他的妻子之后，卡洛会换上她的衣服和他一起划船返回。无论在什么地方，他们接着都会离开那儿，离开之前总会装模做样地向别人打听那位'卡洛'的下落。他们一离开村子，卡洛就迅速换回她自己那套扎眼的衣服和夸张的妆容，然后回到原来的地方，开着她的车扬长而去。他们会事先弄清海潮的方向，接下来虚构的那场意外死亡事件就安排在顺流而下的下一个海滨泳场。卡洛这次扮演他的妻子，前往某个无人的海滩，把假扮妻子的那套衣服放在岩石边上，再换回她那件花团锦簇的衣服离开，然后静待她的丈夫来与她会合。

"我猜，他们杀害可怜的马杰里的时候，有些血溅到了卡洛的泳衣上，因为泳衣是红色的，所以他们没注意到，就像马普尔小姐说的那样。但是当他们把泳衣挂在阳台上晾晒的时候，血滴了下来。哦！"她哆嗦了一下，"我直到现在都还能想起那一幕。"

"没错，"亨利爵士说道，"我现在全想起来了。他的真名是戴维斯。我差点儿忘了，在他的众多化名中，有一个是戴克。真是一对狡猾透顶的搭档！每每让我感到吃惊的是，居然没有人发现中间换了人。我想，可能就像马普尔小姐说的那样，衣服比面孔更容易辨认吧。不过他们的计划的确很周密，尽管我们一直怀疑戴维斯，却很难坐实他的罪名，因为每一次他都有看似牢不可破的不在场证明。"

"简姨妈，"雷蒙德好奇地看着她说道，"您是怎么做到的？您一直过着平静的生活，但是似乎您对什么事都不觉得惊讶。"

"我始终觉得这世上的许多事之间有着惊人的相似之处。"马普尔小姐说道，"你们知道那个格林太太吧，她埋葬了五个孩子……而每一个孩子都买了保险。唉，很自然的，别人会开始怀疑她。"

她摇了摇头。

"乡村生活中也有许多罪恶的事。我希望你们这些可爱的年轻人永远也不要看到这个世界有多么邪恶。"

第五章 动机与机会

帕特里克先生比平时更郑重其事地清了清嗓子。

"恐怕我要讲的这个小小的谜题有点乏味，"他略带歉意地说道，"特别是在大家已经听过了那么多耸人听闻的故事之后。我的故事虽然没有流血事件，但在我看来，谜团相当精巧有趣，而且我刚好有幸知道答案。"

"该不会是那些可怕的法律问题吧？"乔伊斯·雷蒙皮埃尔问道，"我是指那些法律条文，一八八一年巴纳比诉斯金纳案的细节等诸如此类的事。"

帕特里克先生从眼镜上方赞许地看了她一眼。

"不，不，亲爱的小姐。你不用担心，不是那些枯燥的东西。我要讲的故事相当简单明白，就算不是法律界人士也能理解。"

"不要搞那些模棱两可的法律术语。"马普尔小姐冲他晃了晃毛衣针说道。

"肯定不会。"帕特里克先生说道。

"呃，好吧，这一点我也不太确定，不过还是让我们先听听这个故事吧。"

"故事与我以前的一位委托人有关。我姑且称他为克洛德先生——西蒙·克洛德。他相当富有，住在离这儿不远的一所大房子里。他曾经有个儿子，但在战争中牺牲了，留下了一个孩子，是个小女孩。她的母亲一生下她就死了。她的父亲牺牲后，她就来和她祖父一起生活，老人对她呵护有加。和祖父在一起，小克丽丝想干什么都行。我从没见过像他这么溺爱孩子的人，因此我无法形容当这个孩子十一岁死于肺炎时他的悲伤和绝望之情。

"可怜的西蒙·克洛德伤心到了极点。他的一个穷困潦倒的弟弟刚好在不久前去世了，西蒙·克洛德便慷慨地给他弟弟的孩子们提供了一个家。有两个女孩，格蕾斯和玛丽；还有一个男孩，叫乔治。但是尽管好心而慷慨地给他的侄子和侄女们提供了住处，老人却没有像对他的孙女那样在他们身上倾注爱和关怀。乔治·克洛德在附近的一家银行里找了份工作；格蕾斯嫁给了一位聪明的年轻化学家，名叫菲利普·杰罗德；文静且沉默寡言的玛丽则留在家里照顾她的伯父。我想，她是以她那含蓄的方式关爱着伯父。表面上看来，一切都是那样平和安宁。我可以透露的是，小克丽丝托贝尔①死后，西蒙·克洛德来找过我，让我起草了一份新的遗嘱。根据这份遗嘱，他那可观的财产将被平均分成三份，分给他的侄子和侄女们，他们每人可得三分之一的遗产。

"日子就这样一天天地过去了。有一天，我偶然遇到了乔治·克洛德，向他问起他伯父的情况，我已经很久没见到他了。让我感到意外的是，乔治的脸上顿时愁云密布。'我真希望您能让西蒙伯父有点理智。'他沮丧地说道，他那诚恳但不太机灵的脸上满是困惑和焦虑。'这套招魂术的把戏愈演愈烈了。'

"'什么招魂术？'我大吃一惊，问道。

"于是乔治把整件事告诉了我。克洛德先生是怎么逐渐对通灵术产生兴趣的，以及当这种兴趣达到顶峰时，他又巧遇了一位美国灵媒，一个自称尤蕾迪丝·斯普拉格夫人的家伙。乔治毫不犹豫地把这个女人描绘成了一个不折不扣的骗子，她对西蒙·克洛德产生了极大的影响。实际上，她一直待在房子里，搞过许多场降灵会，每当那时，克丽丝托贝尔就会现身在溺爱她的爷爷面前。

---

①克丽丝的教名。

"说实话,我不属于那种把唯灵论简单地归为迷信并加以鄙视的人。正像我说过的那样,我只相信证据。而且我认为如果我们以不偏不倚的态度去审视那些支持唯灵论的证据的话,还是有很多不能被归为骗术或是可以被简单地驳倒的。因此,正如我所说,我算不上信,也不算完全不信。毕竟还是存在一些让人无法反驳的证据的。

"从另一方面讲,唯灵论也的确很容易被各种骗术活动所利用。从乔治·克洛德告诉我的这个尤蕾迪丝·斯普拉格夫人的情况来看,我越来越相信西蒙·克洛德的处境不妙,这个斯普拉格夫人很可能是那种最卑鄙的骗子。那个老人尽管平时非常精明,但他对他那不幸夭折的孙女的爱使得他很容易在这方面上当受骗。

"反复思量之后,我越来越不安。我喜欢克洛德家的这些年轻人,玛丽还有乔治,我意识到那个斯普拉格夫人以及她对他们伯父的影响将来可能会给他们带来麻烦。

"我尽快找了一个借口去拜访西蒙·克洛德。我发现斯普拉格夫人俨然以一位尊贵而亲密的客人的身份在这里扎了根。我一看见她就满心厌恶之情。她是一个矮胖的中年女人,穿着俗艳。满口都是'我们过世的亲人们'等假惺惺的话。

"她的丈夫,阿布索伦·斯普拉格先生也住在房子里。他瘦高个儿,表情阴郁,眼神鬼鬼祟祟。我一得到机会就把西蒙·克洛德拉到一边单独聊了聊,很委婉地提到了招魂术。他对此充满热忱。他说尤蕾迪丝·斯普拉格真是棒极了!一定是上帝感知到了他的祈祷,才把她送给他的!她完全不在意金钱,拯救一颗正在遭受苦难的心灵就已经让她倍感欢乐了。她对小克丽丝怀有一种母爱,她开始把她当作自己的女儿看待了。接着,他向我讲起一些细节：他是怎样听到小克丽丝的声音在说话的……她和她的父母在一起很快乐等。他还跟我讲了一些那个孩子说过的感人至深的话语，但那些话的语气风格与我记忆中的小克丽丝托贝尔很不相像。她还特别强调说'爸爸妈妈都爱亲爱的斯普拉格夫人'。

"'可是，当然啦，'老人突然停了下来，'你肯定会嘲笑我，帕特里克。'

"'不，我没有嘲笑你。完全不是那样。有很多人就这个专题写过著作，而且我可以接受他们的论据，我会信任并尊重他们推荐的灵媒。我想这位斯普拉格夫人也是可靠的人推荐的吧？'

"西蒙对斯普拉格夫人已经到了痴迷的地步，声称她就是老天派到他身边来的。他是在一处矿泉疗养地偶遇她的。他曾在那儿待了两个月消夏。一次偶然的相遇，却带来了如此奇妙的结果！

"我带着深深的挫败感离开了。我最担心的情况出现了，可我却对此无能为力。深思熟虑之后，我给菲利普·杰罗德写了一封信，就是我前面提到的刚刚娶了克洛德家最年长的姑娘格蕾斯的人。我向他说明了情况，当然，措辞十分谨慎。我指出了任由这样一个女人操纵老人思想的危险性。我建议，如果可能的话，应该让克洛德老先生多接触一些唯灵论圈子里声誉良好的人。我认为，菲利普·杰罗德要安排这事并不困难。

"杰罗德立即展开了行动。他注意到西蒙·克洛德的健康状态堪忧，这一点我没有意识到。作为一个务实的人，他显然不想让理应属于他的妻子以及她的妹妹和弟弟的遗产被别人夺走。一周以后，他回到了克洛德的大房子，带来的客人正是大名鼎鼎的朗曼教授。朗曼是一流的科学家，他对唯灵论的研究颇有声望。他不仅是一名杰出的科学家，也是一位极为正直的人。

"这次拜访的结果却很不幸。似乎朗曼在拜访期间几乎没怎么讲话。其间施行了两场降灵会,我不知道是在什么样的情况下进行的。朗曼在那里的时候全程都没有表态,但他回去之后给菲利普·杰罗德写了一封信。信中他坦陈看不出斯普拉格夫人有什么欺诈行为,不过他个人认为那些现象不对头。他还说,如果杰罗德先生觉得合适的话,可以把信给他的伯父看看,此外他还建议说他可以亲自安排克洛德老先生与一位正直的灵媒接触一下。

"菲利普·杰罗德把那封信直接拿给他伯父看了一下,结果却大大出乎他的意料。老人大为光火。认为这就是一个旨在陷害斯普拉格夫人的阴谋,是对一位圣徒的污蔑和中伤!她早就告诉过他,这里的人对她有多么的忌恨。老人指出,朗曼也承认他没有发现什么欺诈行为。尤蕾迪丝·斯普拉格在他生命中最黑暗的时刻来到了他的身边,给了他帮助和抚慰。他准备资助她的事业,即使这会引发全家人的争吵。在这个世界上,斯普拉格夫人对他来说比其他任何人都更重要。

"菲利普·杰罗德以很克制的姿态离开了房子。但这次大怒却使得克洛德的健康状况急转直下。在生命的最后一个月里,他已经完全不能下床,看起来他只能躺在床上苟延残喘,直到死亡将他解脱。菲利普离开两天以后,我接到了急召,于是马上赶了过去。克洛德躺在床上,就算是我这个外行人也看得出他已病入膏肓、凶多吉少了。

"'我快要死了,'他说道,'我很清楚。不用跟我争执,帕特里克。但是在我死之前,我要为那个比世上其他人为我付出更多的人做些什么。我想立个新遗嘱。'

"'没问题,'我说道,'如果你现在告诉我你的指示,我会重新起草一份遗嘱,然后给你送过来。'

"'那怕是不行了,'他说道,'唉,老兄,我怕是活不过今晚了。我已经把我的想法写了下来,'他在枕头下面摸索着,'你看看是否妥当。'

"他掏出一张纸,上面用铅笔草草地涂写了几笔。内容相当简单明了。他给他的侄子和侄女每人留了五千镑,剩下的偌大家产全部都给了尤蕾迪丝·斯普拉格。'以表示他的感激和崇敬之情。'

"我不喜欢这份遗嘱,但木已成舟。不存在立遗嘱时神志不清的问题,老人的头脑与健康人一样清醒。

"他摇铃召唤了两个仆人。他们立刻就赶来了。管家埃玛·冈特是一个高个子的中年妇女,她已经在这个家里好多年了。克洛德生病期间,她尽心尽力地照顾着他。和她一起来的还有厨师,一位新来的三十多岁的胖女人。西蒙·克洛德看着她们俩。

"'我想让你们作我遗嘱的见证人。埃玛,把我的钢笔拿给我。'

"埃玛顺从地走向书桌。

"'不是左边的那个抽屉,孩子,'老西蒙不耐烦地说道,'你不知道是在右边的抽屉里吗?'

"'不,它就在这边,先生。'埃玛说着,把笔拿给了他。

"'那你肯定是上次放错了地方。'老人抱怨道,'我不能容忍东西没按原来的地方放好。'

"他一边抱怨着,一边从她手上接过笔,把草稿的内容抄在另一张空白的纸上,我在一旁给他修正。然后他签上了名字。埃玛·冈特和那个厨师——露茜·戴维德,也在上面签了名。我把遗嘱折起来,放进一个蓝色的长信封里。这是很有必要的,大家都知道，毕竟遗嘱是写在一张普通纸张上的。

"就在两个仆人转身离开房间的时候，克洛德倒在枕头上喘起了粗气，脸都扭曲了。我急忙冲他俯下身去，埃玛·冈特也立即跑了回来。不过，老人缓了过来，脸上露出了一丝虚弱的微笑。

"'没事了，帕特里克，别紧张。不管怎样，我现在可以放心地去了，我想做的都已经做了。'

"埃玛·冈特用询问的目光看着我，好像在问她是否可以离开房间。我肯定地点了点头，于是她就出去了。她出去之前先捡起了我在慌忙中掉在地上的蓝信封，递给了我，我随手把它放进了外套的口袋里，随后她就离开了房间。

"'你有些生气，帕特里克。'西蒙·克洛德说道，'你跟其他人一样，也有偏见。'

"'这不是偏见的问题。'我说道，'斯普拉格夫人可能确实正如她自称的那样。我并不反对你给她留一小笔财产作为纪念以示感谢；但恕我直言，克洛德，把财产留给一个陌生人而不给自己的亲人，是不对的。'

"说完这些话，我起身告辞。我已经做了我能做的，也提出了我的反对意见。

"玛丽·克洛德从客厅里走了出来，在门厅里拦住了我。

"'喝了茶再走吧，好吗？这边请。'她把我带到客厅里。

"壁炉里烧着火，房间温暖而惬意。她接过我脱下的外套，这时，她哥哥乔治走进了房间。他从她的手上接过外套，把它放在房间最里面的一把椅子上，然后来到壁炉旁，我们在那儿一起喝了茶。其间，我们谈到了一个与地产有关的问题。西蒙·克洛德说他不想为这个问题费心，让乔治全权处理。乔治却对自己的判断力很没有把握。在我的提议下，喝完茶后，我们一起到了书房，我看了一下相关的文件。玛丽·克洛德一直陪着我们。

"一刻钟以后，我准备离开。我想起外套还在客厅里，就回去拿。房间里只有斯普拉格夫人一个人，她正跪在放衣服的椅子边上。看起来她好像在对椅子的印花布套做些不必要的整理。我们进去的时候，她红着脸站了起来。

"'那个椅套从来就没套好过，'她抱怨道，'哎呀……我只好亲自动手。'

"我拿起外套穿在身上。与此同时，我发现那只装着遗嘱的信封已从口袋里掉了出来，躺在地上。我把它重新装进口袋，与大家道别后，就离开了。

"我把我回到办公室以后做的每个动作都给你们仔细地描述一下。我脱下了外套，从口袋里拿出了遗嘱。我手拿遗嘱，站在桌子旁边的时候，我的下属走了进来。有人打电话找我，而我桌子上的分机坏了，于是我跟着他来到外面的办公室，在那里待了五分钟左右，其间我一直忙着打电话。

"我刚放下电话，就发现我的下属正候在一旁。

"'斯普拉格先生要见您，先生。我把他领进了您的办公室。'

"我回到我的办公室，发现斯普拉格先生正坐在桌子旁边。他站起来，有点装模做样地向我问好，然后就开始了东拉西扯的谈话。大意是他和他的妻子恐怕很难得到公正的评价。他担心人们正在说三道四。他妻子从孩提时就被公认是一个心地善良、动机纯洁的孩子……如此等等。恐怕我当时对他是有些无礼。最后，他意识到他的来访不会有什么结果，就突然告辞了。这时我想起我把遗嘱丢在了桌上。我把它拿过来，封上了信封，在上面标明内容后，就把它锁进了保险柜。

"现在到了故事的关键。两个月后，西蒙·克洛德先生去世了。我无须详细叙述，只说最简单的事实就好了。当那只封好的、装着遗嘱的信封打开后，里面却是白纸一张。"

他停住话头，环视四周那一张张充满兴趣的脸，流露出满足的微笑。

"当然了，大家都意识到问题所在了吧？两个月来，那个封好的信封一直锁在我的保险柜里。在这段时间内是不可能被动手脚的。不，可以利用的时间很短。只有从遗嘱签好到被我锁进保险柜之间那点时间。那么谁有机会那么做呢？那么做又会对谁有利呢？

"我来简单概括一下要点：那份遗嘱在克洛德老先生签好字以后，由我亲手装进了信封——这个过程没什么问题。我亲手把信封装进外套口袋里。玛丽从我手上接过了外套，又把外套递给了乔治，他放外套的整个过程都在我的注视之下。我去书房的那段时间里，尤蕾迪丝·斯普拉格夫人有充分的时间从我的外套口袋里抽出信封并浏览里面的内容；事实上，信封没在口袋里、而是掉在了地上这一点说明她很可能这么做了。但问题是：她虽然有机会把遗嘱换成白纸，但她却没有这么做的动机。遗嘱的内容对她有利，换成白纸以后，她就失去了她一直梦寐以求的遗产。斯普拉格先生也是如此。他和那份文件被单独留在我的办公室里至少有个两三分钟。但是同样的，偷换遗嘱对他也没有好处。因此，我们面对的是一个有趣的问题：两个有机会把遗嘱换成白纸的人没有这么做的动机，而两个有动机这么做的人却没有机会。顺便说一下，我没有排除女管家埃玛·冈特的嫌疑。她忠于她年轻的男女主人，厌恶斯普拉格夫妇。如果她想到了这个办法的话，她同样会有调包的企图。虽然她从地板上捡起信封并交回到我手上时，的确接触过那个信封，但是她显然没有机会对里面的内容做手脚，她也不可能通过什么手法调换信封——她也没有那个能耐，因为那个信封是我带过去的，那里的人不可能会有同样的信封。"

他环顾四周，得意洋洋地看着大家。

"好了，这就是我给大家出的小小的难题。我希望我已经表述清楚了。我很想听听大家的看法。"

马普尔小姐突然开始咯咯地笑个不停，大家都吃了一惊，似乎有什么事情让她觉得非常好笑。

"怎么了，简姨妈？有什么好玩的讲给我们听听，让我们也乐一乐吧。"雷蒙德说道。

"我想起了小汤米·西蒙兹，他是一个调皮的小男孩，不过有时候却很好玩儿。他是那种表面上满脸稚气，却经常调皮捣蛋的小鬼。我刚想起上周他在主日学校问老师的话，老师，应该说'鸡蛋（复数）的蛋黄是白的'还是'鸡蛋（复数）的蛋黄都是白的'？德斯顿小姐解释说应该这么讲：'鸡蛋（复数）的蛋黄都是白的'或者'鸡蛋（单数）的蛋黄是白的。'调皮的小汤米却说道：'好吧，可我得说鸡蛋的蛋黄应该是黄的。'[①] 真是个捣蛋鬼！当然啦，这是个老掉牙的小把戏了。我还是孩子的时候就知道这种游戏了。"

"确实很好玩，亲爱的简姨妈。"雷蒙德小声说道，"可是很明显，这与帕特里克先生给我们讲的有趣的故事没什么关系。"

[①]小汤米的问题"yolk of eggs is white or yolk of eggs are white？"表面上是在问语法问题；德斯顿小姐也老老实实地解释了——可以说"yolk of eggs are white"，也可以说"yolk of egg is white"，即随着主语采用单数和复数形式的不同，动词应该相应变化；但是实际上德斯顿小姐被误导了，没有察觉这个问题里存在明显的逻辑错误。这其实是一个暗藏陷阱的机智游戏。

"哦，不，有关系的。"马普尔小姐说道,"那个游戏是个圈套！帕特里克先生的故事也是个圈套。律师就爱搞这一套！哈，我亲爱的老朋友！"她嗔怪地冲律师摇了摇头。

"我怀疑你是否真的知道答案。"律师眨了眨眼睛说道。

马普尔小姐在一张纸上写了几个字，折好以后递给了他。

帕特里克先生打开纸条，读过上面写的字以后，赞赏地望着对面的马普尔小姐。

"我亲爱的朋友，"他说道，"还有什么事是你不知道的吗？"

"我从小就知道这种把戏，"马普尔小姐说道，"我自己也玩过这种把戏。"

"我真不知道你们在打什么哑谜，"亨利爵士说道，"我想帕特里克先生肯定耍了什么法律上的花招。"

"绝对没有，"帕特里克先生说道，"绝对没有。这是一个绝对公平、没有绕弯子的问题。你们千万不要受马普尔小姐影响。她有她自己看问题的方法。"

"我们早该找到真相的，"雷蒙德·韦斯特有点急不可耐地说道，"事情再清楚不过了。有五个人接触过那信封。斯普拉格夫妇有可能那么干，但很显然他们不会那么干。那么就剩下另外三个人了。想想那些变戏法的人在人们眼皮子底下耍花样的技艺，我觉得是乔治·克洛德在把衣服拿到房间另一头去的过程中，把遗嘱从信封中取出来换掉了。"

"嗯，我认为是那个姑娘干的，"乔伊斯说道，"我想是女管家跑去告诉了她发生的一切，于是她另外找来一只蓝信封，暗中进行了调包。"

亨利爵士摇了摇头。"你们两位的意见我都不赞同。"他缓缓地说道，"你们说的那些手段只有魔术师才办得到，而且是在舞台上或者在小说里，在真实生活中就未必可行了，特别是在一位像我们的朋友帕特里克先生这样精明的人的眼皮底下。我倒有个想法，只是个想法而已。我们知道朗曼教授曾经到访过那里，而且话说得很少。有理由推测，斯普拉格夫妇对他到访的结果十分不安。如果西蒙·克洛德并不信任他们，这是很有可能的，他们可能就会从另一个角度看待帕特里克先生的到来了。他们可能相信克罗特老先生已经立下了一份对尤蕾迪丝·斯普拉格有利的遗嘱，而这份新遗嘱的目的则在于把她淘汰出局；这可能是因为朗曼教授对他们的揭发，或者还有一种可能，就像律师们常说的那样，菲利普·杰罗德用血脉亲情说服了他的伯父。这样一来的话，斯普拉格夫人就有可能会准备调换遗嘱。她确实这样干了，但帕特里克先生进来的不是时候，她来不及看新遗嘱的内容，就匆忙把它扔进火里烧了，以防律师再找到它。"

乔伊斯果断地摇了摇头。

"她绝不会看都不看就把它付之一炬的。"

"这个解释确实有些牵强。"亨利爵士承认道，"我想……呃……帕特里克先生总不会亲自替天行道了吧？"

最后这个说法只是个玩笑而已，但那位身材瘦小的律师带着一种受到了冒犯的姿态站起了身。

"这个想法太离谱了。"他厉声说道。

"彭德博士有什么高见吗？"亨利爵士问道。

"我没什么特别好的想法。我认为调换遗嘱的人不是斯普拉格夫人就是她的丈夫，动机可能就像亨利爵士刚才说的那样吧。如果在帕特里克先生离开之后她才有机会看完那份遗嘱的话，那她就陷入了一种两难的境地，毕竟她不可能再去承认自己偷换遗嘱的行为。可能她会把遗嘱夹在克洛德老先生的文件里，保证老先生死后会有人找到它。但我不知道为什么没有找到那份遗嘱。我仅仅是猜想——可能埃玛·冈特偶然发现了那份遗嘱，出于对主人的忠心，她把它毁掉了。"

"我认为彭德博士的解释是最好的，"乔伊斯说道，"对吧，帕特里克先生？"

律师摇了摇头。

"我接着往下讲。我当时目瞪口呆，和你们一样茫然不知所措。我想我是永远也找不到真相了，但是有人后来点拨了我。这件事确实干得漂亮。

"大约一个月以后，有一天我去与菲利普·杰罗德共进晚餐，餐后闲谈中，他提起了一件他最近遇到的有趣的事。"

"'我很乐意把事情告诉你，帕特里克，当然，完全是出于对你的信任。'

"'放心吧。'我答道。

"'我的一个朋友，本可以从他的一位亲戚那儿继承一笔财产，不幸的是，他发现他的这位亲戚想把财产留给一个完全不配得到它的人。我的朋友采取了一种恐怕得说是不太道德的手段。那个家里有一位女管家，她完全忠实于我称之为对财产受之无愧的那些人。我的朋友给了她一些非常简单的指示。他给了她一支灌满墨水的自来水笔。她要把那支笔放在主人房间书桌的一个抽屉里，但不是平时放笔的那个抽屉。如果她的主人叫她去充当签署文件的见证人，并要她把笔拿给他的话，她不会拿原来那支笔给他，而是会把这支一模一样的笔递过去。她需要做的就是这些。我的朋友不需要跟她讲更多。她是一个忠心耿耿的人，她忠实地完成了他的指示。'

"他停住了话头说道：

'希望你没有感到厌烦,帕特里克。'

"'哪儿的话,'我说道,'我很感兴趣。'

"我们的眼光对视了一下。

"'当然了,你是不认识我这位朋友的。'他说道。

"'当然不认识。'我答道。

"'那就好啦。'菲利普·杰罗德说道。

"片刻停顿之后,他微笑着说道:'你明白是怎么回事了吗?那支笔里装的是俗称"会消失的墨水"——在淀粉的水溶液里滴几滴就形成了碘。这会产生一种深蓝色的液体,但是写在纸上的字迹在四五天之后就会完全消失。'

马普尔小姐咯咯地笑了起来。

"会消失的墨水,"她说道,"我知道这种东西。我小时候经常玩儿。"

她环视四周,目光停在了帕特里克先生那儿,冲他摇了摇一根手指。

"不管怎么样,这还是个圈套,帕特里克先生,"她说道,"就是那种律师们惯用的圈套。"

第六章　圣彼得的拇指印

"现在,简姨妈,轮到您了。"雷蒙德·韦斯特说道。

"是的,简姨妈,我们都等您给我们讲点儿真正来劲的东西。"乔伊斯·雷蒙皮埃尔附和道。

"好啦,你们这是在取笑我呢,亲爱的朋友们。"马普尔小姐心平气和地说道,"你们之所以会那么想,是因为我这辈子一直生活在这种偏僻的角落里,不太可能会有什么有趣的经历。"

"上帝保佑,我曾经以为乡村生活都是宁静而祥和的。"雷蒙德激动地说道,"但您向我们揭示出了那些乡村生活中可怕的一面,彻底颠覆了我的看法!跟圣玛丽·米德村比起来,大都会反而显得宁静而祥和了。"

"哦,亲爱的,"马普尔小姐说道,"其实无论在哪儿,人性都是相同的。不过当然了,生活在乡村能更近距离地观察人性。"

"您确实与众不同,简姨妈,"乔伊斯激动地喊道,"我想您不介意我叫您简姨妈吧?"她又补充道,"我也不知道为什么想这么叫您。"

"是吗,亲爱的?"马普尔小姐说道。

她抬起头来以探询的目光盯着乔伊斯看了片刻,红晕立刻飞上了那姑娘的双颊。雷蒙德·韦斯特有些坐不住了,很不自然地清了清嗓子。

马普尔小姐看着他俩,嘴角露出了一抹微笑,随后又埋头在她手中的编织物上。

"当然,我一直过着一种平淡无奇的生活,但我也曾经解决过一些偶然出现的小问题。有些问题相当奇妙,不过不太适合讲给你们听，因为都是些无关紧要的小事，你们不会感兴趣的。比如：谁把琼斯太太的网兜网眼割破了？为什么西蒙斯太太的新皮大衣只穿过一次等。这些对于研究人性的人来说都是相当有趣的。不过，我能想到的唯一一件你们可能会感兴趣的事，是关于我那可怜的侄女梅布尔的丈夫的。

"那是大约十年或是十五年前的事了，值得高兴的是，这件事已经过去并且彻底了结了，大家也都已经把它忘掉了。我一直认为，人类的记忆有时是非常短暂的，这其实是件好事。"

马普尔小姐停了下来，自顾自地嘟哝道："我得数数这一排。这里的减针有点麻烦。一针，两针，三针，四针，五针，然后是三针反针……这下对了。嗯，我说到哪儿了？哦，对了，关于可怜的梅布尔。

"梅布尔是我的侄女。一个好女孩，真正的好女孩，但就是有点傻气。只要她心烦了，她做事就会很夸张、很极端，还会不过脑子乱讲一气。她二十二岁时嫁给了登曼先生，恐怕那不是一桩美满的婚姻。我曾强烈希望这桩婚事不要成，因为登曼先生脾气非常暴躁，不会有耐心忍受梅布尔的那些小毛病……此外我还了解到登曼家有精神病史。但是，那时的女孩与现在的女孩一样倔强，将来的女孩们看起来也不会逊色。梅布尔还是嫁给了他。

"婚后，我很少见到她。她来和我一起住过一两次，他们也数次邀请我到他们那儿去小住，但实际上我不喜欢住在别人家里，就总是找借口推辞了。当登曼先生突然去世的时候，他们结婚已经十年了。他们没有孩子。他把所有的钱都留给了梅布尔。我当然写了封信去慰问她，告诉她如果她需要我的话，我随时都可以去陪她；可她给我回了一封很理智的信，我感觉她并没有特别悲伤。倒也不奇怪，因为我知道他们合不来已经有段时间了。

直到三个月以后，梅布尔给我写了一封歇斯底里的信，求我到她那儿去，还说情况正变得越来越糟，她再也忍受不了了。

"于是，"马普尔小姐继续说道，"我给克拉拉留下了膳宿费，把家里的盘子和查尔斯国王年间①的酒杯等值钱的东西送到银行去保管，然后就立即动身了。到那儿之后，我发现梅布尔非常紧张。那座房子叫'香桃谷'，是一座很大的宅院，装修得很舒适。家里有一个厨师，一个客厅女佣，还有一个护士负责照顾梅布尔丈夫的父亲老登曼先生，他就像俗话说的'脑子有点问题'。他通常很安静，举止得体，但有时又会变得非常古怪。我前面说过，他们家族有精神病史。

"看到梅布尔的变化，我着实吃了一惊。她极度紧张，浑身都在发抖，我费尽全力也没能让她告诉我到底出了什么事。就像大家在这种情况下通常会做的那样，我间接了解到了一些情况。我问起她的一些朋友，就是她在给我的信里经常提到的那些，例如加拉赫夫妇。让我吃惊的是，她说她现在几乎见不到他们了。我问及她的其他朋友也是如此。我告诉她把自己封闭起来，让自己沉浸在痛苦中有多傻，而疏远朋友们就更傻了。这时，她一下子说出了实情。

"'不是我要这么做的，是他们躲开了我。现在，这个地方没有人会跟我说话。我沿着大街走的时候，他们都绕道避开我，以免跟我打招呼。就好像我是一个麻风病人似的。这简直糟透了，我再也忍受不了了。我要把房子卖掉，远远地跑到国外去。可是为什么我要被这样逐出家门？我什么坏事也没做过。'

"我没法形容我当时有多么心绪不宁。我正在替海老太太织

---

①指公元七六八年至八一四年，法兰克国王查理曼当政时期。

一条羊毛围巾,都没察觉我心神不定地掉了两针,直到很久以后才发现。

"'亲爱的梅布尔,'我说道,'你让我感到震惊。可这一切究竟是怎么回事呢?'

"梅布尔从小在语言表达上就有困难。我竭尽全力让她直截了当地回答我的问题。可她却只是含混不清地向我控诉那些恶毒的传言,那些整天除了蜚短流长就无事可干的闲人,还有那些四处一本正经误导别人的人。

"'这一点我很清楚了,'我说道,'很明显关于你有不少传言。可是那些传言的内容你肯定是知道的。你得告诉我。'

"'那太恶毒了。'梅布尔呻吟道。

"'当然很恶毒,'我立刻说道,'无论你跟我讲人心有多么险恶,我都不会感到惊讶的。好了,梅布尔,现在你能直截了当地告诉我,那些人都说了些什么吗?'

"终于,所有的事都被倒了出来。

"看起来,杰弗里·登曼的死太突然、太意外了,谣言就是因此而起的。实际上,总而言之,人们在说她毒死了她的丈夫。

"如我所料,没有什么比谣言更残酷,也没有什么比谣言更难对付的了。人家在背后议论你,你没法反驳,也没法否认,这样下去,谣言就会越来越盛,没有人能够阻止。但有一点我很肯定:梅布尔根本不可能去毒害任何人。难道仅仅因为她可能做了点蠢事,她的人生就要被毁灭、被迫背井离乡吗?"

"'无风不起浪,'我说道,'梅布尔,现在告诉我,是什么让人们开始说这种闲话的。肯定有什么事,他们才会这么瞎想。'

"梅布尔完全语无伦次,一冉声称没什么事……什么事都没有,当然,除了杰弗里死得很突然。那天晚上吃晚饭的时候他都是好好的，夜里却突然病得很厉害。大夫被请来了，可大夫来了没几分钟他就死了。死因推断是误食了有毒的蘑菇。

"'好吧，'我说道，'突如其来的死亡的确可能引起议论，但要是没有一些别的情况倒也未必。你和杰弗里有过争吵之类的情况吗？'

"她承认在事发那天早上，吃早餐的时候，她和杰弗里吵了一架。

"'我想，仆人们都听见了，对吧？'我问道。

"他们当时都不在房间里。

"'哦，亲爱的，'我说道，'可他们可能就在门外竖着耳朵听呢。'

"我太了解梅布尔那歇斯底里的尖叫声多有穿透力了。还有杰弗里·登曼，发起火来嗓门也是无比大。

"'你们吵了些什么呢？'我问道。

"'唉，都是些小事。每次都是这样。一点点小事就能让我们吵起来，然后杰弗里就会变得忍无可忍，说些让人生气的话，而我就会告诉他我是怎么看他的。'

"'你们吵过很多次吗？'我问道。

"'可那不是我的错……'

"'我亲爱的孩子，'我说道，'谁的错已经无关紧要了。那不是我们要讨论的。在这种地方，每个人的私事多多少少都会被传出去。你和丈夫经常吵架。某天早上你们大吵了一场，当天晚上他就突然不明不白地死了。就这些，还是说还有什么别的事情？'

"'我不知道您是什么意思？'梅布尔绷着脸说道。

"'我没有别的意思，亲爱的。如果你做过什么傻事的话，看

在上帝的分儿上,别瞒着了。我只是想尽量帮你。'

"'什么也帮不了我,'梅布尔歇斯底里地说道,'除非一死。'

"'要相信上帝,亲爱的。'我说道,'好啦,梅布尔,我很清楚你还有些事没说出来。'

"从她还是个孩子的时候,只要她没把所有事情都说出来,我就总能看出来。我花了好长时间,不过终于还是知道了。那天上午,她去了一趟药店,买了些砒霜。自然,她在毒药登记簿上签了字。毫无疑问,药剂师把这件事说了出去。

"'你家的大夫是谁?'我问道。

"'罗林森大夫。'

"我见过他。有一天梅布尔指给我看过。要准确地形容他,我觉得他简直就像是一株在风中摇摆的年老的菟丝子。无数的生活经验告诉我,不能相信这些大夫。他们有的聪明,有的却不怎么样,有一半时间连那些聪明的医生都不知道你到底得了什么病。我自己从不相信他们和他们的那些药。

"我想事情的原委大概就是如此了。随后我戴上帽子,前去拜访罗林森大夫。他正是我想象中的那样,是一个好老头,和蔼、糊涂、眼睛近视得令人同情、有点耳背,另一方面又迟钝麻木到了极点。我一提到杰弗里·登曼的死,他立刻就摆出了一副胸有成竹的样子,大谈了好一阵各种各样的真菌,可食用的和其他种类的。他曾经问过厨师,她承认似乎有那么一两朵蘑菇'有点怪',可她想既然商店出售这些蘑菇,就应该不会有什么问题。事后,她越想越觉得这两朵蘑菇不对头。

"'她当然会有那种感觉了,'我说道,'她们刚开始觉得蘑菇就是普通蘑菇的样子,到最后她们就会觉得那朵蘑菇变成橙色带紫色斑点的样子了。只要努力去想,她们这类人是没有什么

'想'不起来的。

"我还了解到,大夫到的时候,登曼刚说过些什么话。那时他已经无法吞咽,没几分钟就死了。罗林森大夫似乎对自己做出的死因判断很满意。不过我不确定这个结论中有多少是出于他的固执己见,又有多少才是他真正有把握的。

"我回到梅布尔家,直截了当地问她为什么要买砒霜。

"'你当时肯定是有某种念头的。'我向她指出了这一点。

"梅布尔开始放声痛哭。'我当时想自我了断,'她呜咽着说道,'我太不幸了。我想摆脱这一切。'

"'砒霜还在吗?'我问道。

"'不在了,我把它扔了。'

"我坐在那儿把这件事反反复复思量了好几遍。

"'他发病后做过什么吗?他叫你了吗?'

"'没有。'她摇了摇头,'他使劲摇铃。肯定已经摇了好多次了。最后是多罗茜,那个客厅女仆听到了铃声,她叫醒了厨师,然后她们一起下楼来到了登曼的房间。多罗茜看见他的时候被吓坏了。他神志不清,说话断断续续。她把厨师留在那儿,跑来找我。我起身跑去看他。当然,我一眼就看出他病得很厉害。不巧的是,布鲁斯特,那个照看老登曼先生的护士那天晚上不在,因此没人知道该怎么办。我让多罗茜去请大夫,我和厨师留下来陪着他,但是几分钟以后,我再也受不了了;那场面太吓人了。我跑回了房间,把门锁上了。'

"'你太自私、太狠心了,'我说道,'你的做法肯定不会给你带来好处的,这一点你应该清楚。那个厨师肯定把这件事跟所有人都讲过了。唉,唉,看你干的好事!'

"接下来,我跟用人谈了谈。厨师想跟我谈蘑菇的事,但我拦住了她。我不想再听那些蘑菇的事了。我转而详细地向她们询问了那天晚上她们主人的情形。她们俩都说那天晚上登曼先生极其痛苦,无法吞咽,讲话时好像喉咙被人紧紧掐住了一样,好不容易说出来的也都是些漫无边际的话,根本没有意义。

"'他胡言乱语的时候说了些什么呢?'我好奇地问道。

"'好像是说什么鱼,对吧?'厨师转身向另一位目击者问道。

"多罗茜表示同意。

"'一大堆鱼,'她说道,'一些诸如此类的胡话。一看见他,我马上就知道他已经神志不清了,可怜的先生。'

"这些莫名其妙的话似乎没有任何意义。抱着最后一点希望,我找到了布鲁斯特,她是一个五十多岁的瘦削女人。

"'很遗憾,那天晚上我不在,'她说道,'大夫来之前,在场的人没采取任何措施。'

"'我想他当时已经神志不清了,'我满怀疑虑地说道,'但他没有食物中毒的症状,对吧?'

"'那可不一定。'布鲁斯特说道。

"我又向她问起了老登曼的状况。

"她摇了摇头。

"'他的状况很糟。'她说道。

"'他很虚弱吗?'

"'哦,不,他的身体还很结实,但是视力不行了,恶化得很快。他没准儿会比我们活得都长,但他的心智衰退得很快。我跟登曼夫妇谈过,建议把他送去专门的地方治疗,可登曼太太就是不听。'

"'我得替梅布尔说句话,她心地一直都很善良。'

"唉,看来情况就是这样了。我把这件事的每个方面都细细思量一番后，觉得只有一件事可以做了。在这种谣言四起的情况下，只有申请开棺验尸才能彻底平息这一切。当然啦，梅布尔不同意这么做，还提出了些感情用事的理由，比如这样做会打扰死者的安宁等。但是我的态度很坚决。

"整个过程我就不详说了。在获得许可后，警方进行了开棺并做了尸体解剖，或者随便你们叫它什么吧，但结果却没有预期的令人满意。没有砒霜的痕迹。这当然是好事，但尸检报告的原话是这么说的：'没有任何迹象表明死者的具体死因为何。'

"所以，很明显，我们根本没摆脱麻烦。人们继续议论纷纷，谈论罕见的、没法被查出来的毒药等诸如此类的闲话。我去拜访了负责尸体解剖的那位病理学家，问了他一些问题，尽管他竭力回避了我的大部分问题，但我还是从他的回答中了解到，他认为登曼先生的死因不可能是误食了毒蘑菇。我脑子里慢慢地产生了一个想法，我问他有没有一种毒素会造成登曼先生的那种症状。他给我作了一长串的解释，我得承认，大部分我都没听懂，但他的大意概括起来就是：死因可能是一种毒性很强的植物碱中毒。

"我此前的想法是：假如杰弗里·登曼的血液中也有家族性精神病的基因的话，他难道不会想过要自我解脱吗？有一段时间他研究过药物，对各种毒药及其反应应该有丰富的知识。

"我知道这种想法有些牵强，但我只能想出这一种解释。老实讲，我已经黔驴技穷了。我这么说，你们这些现代的年轻人准会笑话我，但每当碰到真正的大麻烦的时候，我总是会在心里默默祷告，无论当时我正走在街上还是正在市场里。我总能得到上帝的答复。答复可能是些微不足道的事，看起来与我的问题也毫无关联，但其实不然。当我还是个小女孩的时候，我就把这样一句话钉在了床头的墙上：'祈祷吧，你会得到上帝的答复的。'在我跟你们提到的那天上午,我走在大街上,一遍遍地祈祷,之后闭上了双眼,当我重新睁开眼睛的时候,你们猜我第一眼看见了什么?"

另外五个人的脸上带着不同程度的兴趣转向了马普尔小姐。这个问题可以随便猜,但是没人能猜对答案。

"我看见了,"马普尔小姐激动地说道,"鱼店的橱窗。里面只有一样东西,一条新鲜的黑线鳕鱼。"

她带着一种胜利的神情环顾四周。

"哦,上帝啊!"雷蒙德·韦斯特说道,"上帝给祈祷者的答复,一条新鲜的黑线鳕鱼!"

"是的,雷蒙德,"马普尔小姐严肃地说道,"你不要亵渎神灵。上帝仁慈的手无处不在。我首先看见的是那条鱼身上的黑斑,也称做'圣彼得的拇指印'。当然,那只是个传说……圣彼得的拇指印。然而正是这一点使我豁然开朗。我需要信仰,特别是对圣彼得的忠诚的信仰。我把这两件事联系了起来,信仰,还有鱼。"

亨利爵士有些急促地擤了擤鼻子。乔伊斯则咬紧了嘴唇。

"那么,那让我想起了什么呢?当然是登曼先生临终时说的话,那个厨师和客厅女佣都提到他断断续续说到过鱼。我相信,我完全相信,谜底就隐藏在这些支离破碎的只言片语里。我回到登曼家,决心查个水落石出。"

她稍作停顿。

"你们是否注意到,"老太太继续说道,"我们在多大程度上需要依据……怎么说来着……语境,才能正确判断一句话的含义?达特穆尔高原有一个叫格雷韦泽[①]的地方。如果你与当地的

[①]原文为Grey Wethers。

农民交谈，提到格雷韦泽的话，他可能会以为你在讲那些巨石阵，而你讲的却可能是天气①；同样，如果你在谈论的是那些巨石阵，一个外人听到你们谈话的只言片语，会以为你在谈天气。因此，当我们转述一段对话时，一般不会一字不差地复述原话，而是会用我们觉得意思相同的其他措辞来表述。

"我分别找了厨师和多罗茜谈话。我问厨师是否肯定她的主人确实说过'一堆鱼（a heap of fish）'这样的话。她说她很肯定。

"'他原话就是这么说的吗？'我问她，'他说的是笼统的"鱼"（fish）字，还是说了某种具体的鱼的名字？'

"'对了，'厨师说道，'他说的是某种鱼的名字，可我现在想不起来是什么词了。一堆（a heap of）……什么来着？不是那种常吃的鱼。鲈鱼（perch）……还是梭子鱼（pike）？不，不是P打头的词。

"多罗茜也回忆起她的主人曾提到某种鱼。'一种外国品种的鱼。'她说道。

"'一堆（a pile of）……什么来着？'

"'他说的是哪个堆字②？'我问道。

"'我想他说的是堆（pile）。不过我也不敢肯定，要一字不差地回想起他说过的话太难了，您说对吧，小姐，特别是这些话还没什么意义。我总算想起来了，我百分之百地肯定他说的是"一堆（a pile）"，那种鱼的开头字母是C，但不是鳕（code）或者小龙虾（crayfish）。'

---

①英语中"阴沉的天气（grey weather）"的发音与格雷韦泽（Grey Wethers）相近。
②英语中 heap 和 pile 都有"堆"的意思，厨师和多罗茜转述同一段话时使用了同义的两个不同的词，所以马普尔小姐要追问准确的用词。同样，fish 在英语中是鱼的统称，但是登曼也可能说的是某个特定品种的鱼的名字，所以马普尔小姐要追问准确的用词。

"接下来的部分是我最得意的地方。"马普尔小姐说道,"因为,虽然我对药材知之甚少——我觉得那都是些气味难闻的危险东西,但我从祖母那里得到了一个配制菊蒿茶的老方子,远胜过各种药材。我知道这座房子里有几本大部头的医药书,其中一本里有篇药物目录。我的猜测是杰弗里服用了某种毒药,临死前正努力想把毒药的名字说出来。

"于是,我从H开头的词条查起。没有找到发音相似的词;接着我又开始查P开头的词条,很快就查到了——你们猜是什么?"

她环顾四周,卖了个关子。

"匹鲁卡品[①]。大家不难想象一个连话都快说不出来的人,要挤出这个词有多难吧?一个从没听说过这个词的厨师听到类似的发音后又会误以为他说的是什么呢?正因为这样才会产生'一堆鲤鱼(pile of carp)'的印象吧?"

"天啊!"亨利爵士惊叹道。

"我永远也不会想到这一点的。"彭德博士说道。

"太有趣了,"帕特里克先生说道,"真是太有趣了。"

"我立即翻看这一条目对应的章节。我看到了匹鲁卡品对眼睛的作用和其他一些作用,但这些似乎都与本案无关。最后,我终于看到了最关键的一句话:'已证实可作为阿托品中毒的解毒药物。'

"我简直无法形容当时那种豁然开朗的感觉。我从来都没相信过杰弗里·登曼会自杀。不过,这个新的解释不仅仅是有可能,我确信它就是这一切的正确答案,因为所有的线索都合乎逻

[①]匹鲁卡品,pilocarpine,亦称毛果芸香碱,一种药物;其英语读音与"一堆鲤鱼(pile of carp)"有几分相似。

辑地拼在一起了。"

"我不想再猜了，"雷蒙德说道，"接着说吧，简姨妈，告诉我们您突然明白了什么？"

"当然了，我不懂医学，"马普尔小姐说道，"但我碰巧知道一点与此有关的事。我视力开始下降的时候，大夫让我滴含有硫酸阿托品的眼药水。我径直上楼去了老登曼先生的房间。我没有绕弯子。"

"'登曼先生，'我说道，'我全都知道了。您为什么要毒死自己的儿子？'

"他用一种古怪的眼神盯着我看了一两分钟。就他那个年纪来说，他还算英俊。随后他发出一阵狂笑，那是我听过的最恶毒的笑声之一。老实说，那让我不寒而栗。我以前也听到过一次类似的笑声，那是在可怜的琼斯太太精神失常的时候。

"'是的，'他说道，'我是在跟杰弗里算账。我比杰弗里聪明得多。他想摆脱我，不是吗？想把我关进疯人院？我听见他们谈论这事了。梅布尔是个好姑娘，她为我着想，可我知道她是拗不过杰弗里的。最终，还是他说了算，向来如此。但我解决了他，解决了我那好心又慈爱的儿子！哈哈！我在夜里悄悄下了楼。这一点也不难，布鲁斯特没在。我可爱的儿子睡着了，他的床边放着一杯水，他总是半夜醒来喝掉它。我倒掉了一些水，哈，哈！把瓶里的眼药水全倒进了杯子里。他醒过来的时候会一口气把它喝下去，却根本不知道自己喝的是什么。眼药水其实只有一汤匙那么多……但足够了，足够了。他们早上来到我的房间，很委婉地告诉了我这个消息。他们怕这个消息会让我伤心。哈！哈！哈！哈！哈！'

"好啦，"马普尔小姐说道，"这就是故事的结局。当然，那个可怜的老人被送进了疯人院。他确实不能对自己的行为负责,真相大白了,每个人都向梅布尔道歉,并努力弥补他们曾经对她不公正的怀疑。但如果不是杰弗里意识到了自己喝下去的是什么,并想要找人马上去找解毒药的话,真相恐怕永远不会浮出水面。我相信阿托品中毒的症状一定很明显——瞳孔扩散还有其他一些表现;但我说过了,罗林森大夫近视得非常厉害,可怜的老头。我接着读那本书时看到了一些极为有趣的东西。书中列举了食物中毒和阿托品中毒的症状,两者完全不同。但我向你们保证,此后每次看到黑线鳕鱼,我都会情不自禁地想到圣彼得的拇指印。"

一阵良久的沉默。

"我亲爱的朋友,"帕特里克先生说道,"我最亲爱的朋友,您真是令人惊奇啊。"

"我会推荐苏格兰场的人来向您咨询的。"亨利爵士说道。

"嗯,不管怎么说,简姨妈,"雷蒙德说道,"有一件事您是不知道的。"

"哦,可是,我知道啊,亲爱的,"马普尔小姐说道,"晚饭前刚发生的,对吗?在你带乔伊斯去欣赏日落的时候。那是个好地方,茉莉花篱笆旁边,那儿正是送奶工向安妮求婚的地方。"

"真见鬼,简姨妈,"雷蒙德说道,"您把那么富有诗意的浪漫气氛全破坏了。乔伊斯和我可不是安妮和送奶工。"

"这就是你不对了,亲爱的,"马普尔小姐说道,"人类的本性是非常相似的。不过幸运的是,你们也许还没意识到这一点。"

第七章　蓝色的天竺葵

"去年我到这儿来的时候……"亨利·克利瑟林爵士说着说着停了下来。

女主人班特里太太满怀期待地看着他。

这位苏格兰场的前警监此时正住在他的老朋友班特里上校夫妇家里,他们住在圣玛丽·米德村附近。

班特里太太手里拿着笔,正为准备在当晚举行的六人晚宴征询他的意见,看邀请哪些人合适。

"哦?"班特里太太带着鼓励的语气说道,"您去年来这儿的时候……怎么了?"

"告诉我,"亨利爵士说道,"您认识马普尔小姐吗?"

班特里太太十分惊讶。这完全出乎她的意料。

"认不认识马普尔小姐?这里谁不认识她啊!一位小说里那种典型的老小姐。非常可爱,但与这个时代完全脱节。您该不会是想让我邀请她吧?"

"您觉得意外吗?"

"我得承认……是有点儿。我真没想到您会……也许您有特别的原因吧?"

"原因很简单。去年我到这儿来的时候,我们闲暇里讨论了一些未解决的谜案。我们一共五六个人。雷蒙德·韦斯特,那位小说家提议我们每人讲一个除了自己以外别人都不知道答案的故事。就像是一种推理能力的训练,看谁的推测最接近真相。"

"哦?"

"我们原本没觉得马普尔小姐能参与我们的游戏,就跟那些老套的小说里的情节一样；但我们还是出于礼貌接纳了她，为的是不伤到这位可爱老小姐的感情。结果十分讽刺的是，这位老小姐每次都赢了我们！"

"什么？"

"我向您保证，她每次都直奔真相，就像一只返家的信鸽一样。"

"可这也太稀奇了！亲爱的老马普尔小姐甚至从未离开过圣玛丽·米德村。"

"啊！可是按照马普尔小姐的说法，这恰好为她提供了仔细观察人性的机会，就像在显微镜下观察一样。"

"这话倒也有几分道理，"班特里太太承认道，"你至少可以了解到人们不为人知的一面。不过我们这儿并没有什么真正刺激的犯罪事件。晚饭以后我们一定要拿阿瑟的鬼故事试试她。如果她能找到答案的话，我会不胜感激的。"

"我以前怎么不知道阿瑟还信鬼？"

"哦，他当然不信。那正是让他困扰的地方。事情发生在他的一个朋友乔治·普里查德身上，他就是个平凡无奇的普通人。对可怜的乔治来说，那真是场悲剧。不管这离奇的故事是真的……还是……"

"还是什么？"

班特里太太没有回答。片刻之后，她话锋一转说道："要知道，我喜欢乔治……大家都喜欢他。很难相信他会……但人们的确会干出一些匪夷所思的事来。"

亨利爵士点了点头。他比班特里太太更了解人们干的那些匪夷所思的事。

那天的晚宴如期举行。班特里太太环视餐桌四周（与此同时她有些微微发抖,因为就像大多数的英国餐厅一样,房间里非常冷),目光停在了坐在她丈夫右边、身板笔挺的老姑娘身上。马普尔小姐戴了一副黑色蕾丝手套,肩上披一条老式的三角形蕾丝披肩,还有一顶蕾丝小帽覆在雪白的头发上。她正兴致勃勃地与那位年长的劳埃德大夫谈话,话题是养老院以及那些地区护士的可疑毛病。

班特里太太又一次感到了怀疑。她甚至怀疑这是亨利爵士跟她开的一个精心设计的玩笑……不过看起来并没有这种迹象。如果他说的都是真的,那简直难以置信。

她的目光移开了,充满深情地落在了她那有着红红的脸庞和宽阔的肩膀的丈夫身上,他正与珍妮·赫利尔——一位漂亮而颇受欢迎的女演员——大谈赛马的事。这位珍妮在台下比在台上更漂亮,她瞪大了蓝色的眼睛,不时得体地回应道,"是吗?""哦,太有趣了!""太不寻常了!"不过她根本不懂赛马,也对此不感兴趣。

"阿瑟,"班特里太太说道,"你都快把珍妮小姐烦死了。别谈赛马了,还是给她讲讲你那鬼故事吧。你知道的……乔治·普里查德那事。"

"嗯,多莉?哦!可我不知道……"

"亨利爵士也想听听。今天上午我跟他提起过。听听大家对这件事的看法一定很有意思。"

"哦,讲吧!"珍妮说道,"我喜欢鬼故事。"

"好吧……"班特里上校有些犹豫地说道,"我从不相信那些超自然的东西。但这件事……

"我想你们都不认识乔治·普里查德。他是个大好人。他的妻子……呃,现在已经不在了,可怜的女人。关于她,我想多说几句,她在世之前,从没让乔治好过片刻。她是一个半残废的人。我相信她确实有点病,但不管这点病是什么,她可是做足了戏。她性情反复无常,待人十分苛刻,不可理喻。她一天到晚抱怨个不停。乔治得时刻守候在她身边,可不管他做什么都不对,都会招来一顿臭骂。我相信,换做其他男人,早就用斧子把她的脑袋劈成两半了。嗯,没错吧,多莉?"

"她真是个魔鬼,"班特里太太证实道,"就算乔治·普里查德真用斧子把她的脑浆打了出来,案子再交给一个有女人参加的陪审团审理的话,他也会被判无罪的。"

"我不知道这件事是怎么开始的。乔治谈起此事的时候也总是含糊其辞。总的来讲,普里查德太太嗜好算命,就是看手相、水晶球占卜等那一套玩意儿。乔治对此并不介意。只要她乐在其中就好了。但他并不认可那些玩意儿,这又成了他的另一项罪过。

"家里的护士像走马灯一样换个不停,只要几周,普里查德太太就会对她们不满意了。曾有一个年轻护士对这套算命的花样也很热衷,普里查德太太一度非常喜欢她。但后来她突然跟护士吵翻了,坚持要她滚蛋。她召回了一位以前护理过她的护士,一位年长的、对付神经质的病人老练而圆滑的护士。据乔治说,科普林护士人非常好,是一位通情达理的人。她对普里查德太太的暴躁和神经质无动于衷。

"普里查德太太中午通常在楼上用餐,而乔治和护士也常在午餐时安排下午的任务。严格来说,护士在下午两点到四点之间是不当班的,但出于所谓的'发善心',假如乔治下午想干别的事的话,她有时也会待到喝过下午茶以后再离开。这一次,护士说她要去看望一位住在戈尔德斯格林的姐姐,可能要晚些回来。

乔治的脸沉了下来，因为他已跟人约好要去打一场高尔夫。不过，科普林护士打消了他的顾虑。

"'咱俩的事都误不了，普里查德先生。'她眨了眨眼睛，'普里查德太太今天下午有个比咱俩更有意思的伴儿。'

"'什么人啊？'

"'等等，'科普林护士的眼睛比平时眨得更快了，'让我想想啊，扎雷达，一位能预知未来的通灵师。'

"'哦，上帝啊！'乔治呻吟道，'这是个新来的，对吧？'

"'是的，我想是我的前任卡斯特尔斯护士介绍给她的。普里查德太太没见过她。太太让我给她写了封信，约她今天下午来。'

"'好吧，不管怎样，今天下午我可以打高尔夫了。'乔治说道，然后他就满怀着对这位'扎雷达，一位能预知未来的通灵师'的感激之情离开了家。

"等他回到家的时候，发现普里查德太太格外烦躁不安。她像往常一样躺在她那张病榻上，手里攥着一瓶嗅盐，时不时就闻一闻。

"'乔治，'她大喊道，'关于这个房子我是怎么跟你说的？进到这座房子的那一刻，我就觉得有些不对头！我没跟你说过吗？'

"忍住了想回一句'你总是那么说'的冲动，乔治只是说道：'没有，我不记得你说过。'

"'与我有关的事你是从来记不住的。男人都那么冷酷无情，可我觉得你比大多数人更冷酷。'

"'哦，得了，玛丽，亲爱的，这么说我可不公平。'

"'哼！那个女人一进来立刻就感觉到了，就像我跟你说的一样！她……她都被吓回去了……如果你明白我的意思的话……她

刚踏进门，就说道：'这里有邪气……邪恶又危险。我能感觉得到。'

"乔治很不明智地笑了起来。

"'这么说，你今天下午的钱花得很值咯？'

"他的太太闭上了眼睛，拿起她的嗅盐瓶深深地吸了一口气。

"'你到底有多恨我？！如果我快死了的话，你一定会喜滋滋地嘲笑我，对吧？'

"乔治赶紧声明他不是那个意思，片刻之后，她接着说道：'你尽管嘲笑，可我得把话说完。毫无疑问，这座房子对我非常危险。那个女人是这么说的。'

"乔治先前对扎雷达的感激之情荡然无存了。他知道他的太太一旦突发奇想，是一定会坚持搬到别处去住的。

"'她还说了些什么？'他问道。

"'她不能告诉我太多。她非常不安。她倒是说了一件事。我的一个花瓶里插了些紫罗兰。她指着这些紫罗兰大声叫道：'赶快把这些花扔掉。这个家里不能有蓝色的花，千万不能有。要记住，蓝色的花会给你带来致命的厄运。'

"'你也知道，'普里查德太太接着说道，'我不止一次地跟你说过，蓝色是我的克星。我对这种东西天生就有一种直觉。'

"这次乔治非常明智地没有说以前没听她说起过。他转而问她这位神秘的扎雷达长得什么样。普里查德太太兴致勃勃地给他作了一番描述。

"'黑头发在耳后盘成髻……眼睛半闭着……黑色的眼圈……一块黑色的面纱遮着嘴和下巴……说话像唱歌一样，带着明显的外国口音……我想是西班牙口音……'

"'其实都是些惯用的伎俩。'乔治乐呵呵地说道。

"他的太太马上闭上了眼睛。

"'我感到特别不舒服,'她说道,'叫护士来。冷酷无情特别令我受伤,这一点你最清楚了。'

"两天之后,科普林护士脸色阴沉地来找乔治。

"'请您去看看普里查德太太吧。她收到一封信,这封信让她非常不安。'

"他发现他太太手里拿着一封信。一见到他,她立刻把信递了过来。

"'看看吧。'她说道。

"乔治看了一下那封信。信写在散发着浓烈香味的纸上,字又大又醒目。

"'我看到了未来。趁还来得及要小心防备。留神月圆之夜。蓝色的报春花表示警告,蓝色的蜀葵预示危险,蓝色的天竺葵代表死亡……'

"乔治差点忍不住笑出声来,科普林护士飞快地给他使了个警告的眼色。他有些尴尬地说道:'那个女人可能是想吓唬你,玛丽。再说,哪儿有蓝色的报春花和蓝色的天竺葵啊?'

"可是普里查德太太开始痛哭了起来,说她已经时日无多了。科普林护士和乔治一起离开了她的房间,来到了楼梯口。

"'真是蠢到家了。'乔治忍不住说道。

"'也许吧。'

"护士语气里的犹豫让乔治大为吃惊,他惊讶地看着她。

"'天啊,护士,你该不是……'

"'是的,是的,普里查德先生,我不信算命那套鬼话。让我感到疑惑的是她这么做的目的。算命的人一般都会想尽办法多捞点好处,可这个女人这样吓唬普里查德太太似乎对她并没有好

处。我想不明白。还有一件事……'

"'什么？'

"'普里查德太太说，她觉得扎雷达似乎有点面熟。'

"'哦？'

"'嗯，我不太喜欢这一切，普里查德先生，就这些。'

"'我倒是没想到你还这么迷信，护士。'

"'我不迷信，不过我能觉出来有些事情不对劲。'

"大约四天以后，第一件怪事出现了。为方便讲清楚，我得先描述一下普里查德太太的房间——"

"最好让我来讲，亲爱的。"班特里太太打断了他，"她的房间贴的是一种新式的墙纸，墙纸的图案是一簇簇鲜花围成的一圈篱笆。这样就营造出了一种置身于花园中的效果，当然这些花本身就不对劲，我指的是那么多不同种类的花是不可能同时开放的……"

"别让你对园艺的专业眼光带偏了你的叙述，多莉。"她丈夫说道，"我们都知道你对园艺有特殊的热情。"

"可是，那就是很荒谬的嘛，"班特里太太反驳道，"风信子、黄水仙、羽扁豆、蜀葵、紫菀全在一起开放。"

"是太不科学了。"亨利爵士说道，"不过你还是接着讲正题吧。"

"嗯，花丛里有报春花，一簇簇黄色和粉红色的报春花，还有……哦，你接着讲吧，阿瑟……"

班特里上校接着讲起了这个故事。

"一天早上，普里查德太太急促地摇起了铃。管家飞奔了过去，以为她要不行了，然而根本不是那么回事。她极其激动，用手指着墙纸；就在那里，那一簇簇的花里面，赫然出现了一朵蓝色的报春花。"

"啊!"赫利尔小姐说道,"太可怕了!"

"问题是:那朵蓝色的报春花难道不是原本就在那儿的吗?这是乔治和护士的看法。可普里查德太太是无论如何也不会接受这一看法的。她坚称在那天早上以前,她从没注意到那朵蓝花,而且前一晚还是月圆之夜。她对此极度不安。"

"就在同一天,我碰到了乔治·普里查德,他把这件事告诉了我。"班特里太太说道,"于是我去看望了普里查德太太,并尽我所能地让她相信这件事有多么荒唐可笑;但她根本听不进去。我心事重重地离开了她。记得我后来遇到了珍妮·英斯托尔,我告诉了她这件事。珍妮真是个奇怪的姑娘。她说:'这么说来,普里查德太太是真的很害怕?'我告诉她,我觉得这个女人肯定能被吓死,她真不是一般地迷信。

"珍妮接下来的话让我非常吃惊。她说:'不过,那倒是最好的结局,不是吗?'她说这话时的语气是那么冷静,那种冷淡而理智的语调让我大为震惊。当然,我知道如今的人说话都直截了当、不留情面,可我还是不太习惯这种说话方式。珍妮冲我奇怪地笑了笑,说道:'你肯定不喜欢我这么说,但事实就是如此。普里查德太太这样活着有什么意义呢?毫无意义;可对乔治·普里查德先生来讲却是地狱般的煎熬。他妻子被吓死,对他来讲是再好不过的事了。'我说:'乔治一直对她非常好。'她说:'是的,他为此应该得一枚奖章,可怜的人。乔治·普里查德是个很有吸引力的男人。上一个护士也这么认为,就是那个漂亮的护士。她叫什么来着?卡斯特尔斯。这就是她和普里查德太太争吵的起因。'

"我不想听珍妮讲下去了。不过当然了,人们难免会怀疑……"

班特里太太意味深长地停了下来。

"没错，亲爱的，"马普尔小姐平静地说道，"人们总是这样。英斯托尔小姐漂亮吗？我猜她也打高尔夫球吧？"

"是的。她对什么运动都在行。她长相出众，很有魅力，有着健康的肤色和一对漂亮又沉稳的蓝眼睛。当然了，我们一直觉得她和乔治·普里查德，要不是现在这种情况的话，是很般配的一对。"

"他们是朋友吗？"马普尔小姐问道。

"哦，是的。他们是非常要好的朋友。"

"多莉，"班特里上校幽怨地说道，"能让我把故事讲完吗？"

"阿瑟，"班特里太太顺从地说道，"继续讲你的鬼故事吧。"

"这之后发生的事是乔治亲口告诉我的。"上校接着说道，"毫无疑问，接下来的一个月里普里查德太太被吓得不轻。她在日历上把日子一天一天涂掉，直到又一个月圆之夜；那天晚上，她把护士和乔治都叫到了她的房间里，让他们仔细检查了一遍墙纸。墙纸上只有粉红色和红色的蜀葵，没有蓝色的。乔治一离开她的房间，她就把门锁上了……"

"第二天早上就出现了一朵硕大的蓝色蜀葵。"赫利尔小姐兴奋地说道。

"太对了，"班特里上校说道，"不管怎么说，差不多就是那样。她枕头上方的一朵蜀葵变成了蓝色的。这让乔治大为震惊；可是他越感到吃惊反倒越是不愿把它当成一件严肃的事来看待。他坚持认为整件事就是一出恶作剧，甚至不顾明显的事实：门是锁着的；在普里查德太太发现这个变化之前，包括科普林护士在内，任何人都没进过她的房间。"

"这个事实让乔治大为震惊；也让他变得不可理喻。他的妻子要离开这座房子，可他执意不肯。他第一次有点相信超自然的力量了，但又不肯承认。他通常都对他的太太百依百顺，可这一次他却不肯让步。'别犯傻了，玛丽。'他说，'整件事都是该死的胡说八道。'

"就这样又过了一个月。普里查德太太出人意料地没怎么坚持要离开。我想她是迷信地认定自己在劫难逃了。她一遍又一遍地念叨着：'蓝色的报春花——警告；蓝色的蜀葵——危险；蓝色的天竺葵——死亡。'她就躺在那儿，一直盯着床边墙上那一簇簇粉红色的天竺葵。

"整个屋子的气氛让人精神紧张。连护士都受到了感染。月圆之夜的前两天，护士央求乔治把普里查德太太带到别的地方去。乔治大发雷霆。

"'就算那该死的墙上的每一朵花都变成了蓝色的魔鬼，也害不死谁！'他大叫道。

"'有可能的，以前就有人被吓死过。'

"'一派胡言。'乔治说道。

"乔治一直都犟得要命。谁都劝不了他。我想他一定有个隐藏的想法，认为那是他太太自己搞的鬼，都是她那病态的、歇斯底里的心态在作祟。

"不幸的夜晚终于来临。普里查德太太像往常一样把门锁上。她表现出异乎寻常的平静，简直是处在一种宁静赴死的心态中。护士为她的反常状态感到担心……想给她用点兴奋剂，打一针士的宁，但普里查德太太拒绝了。'从某种意义上讲，我相信她正乐在其中呢。'乔治是这样说她的。"

"我想那倒是很有可能，"班特里太太说道，"整个过程一定有某种奇怪的魔力存在。

"第二天早上,急促的铃声没有出现。普里查德太太通常在八点左右醒来。到了八点半,还没有动静。护士用力地敲起了门,没人应声。她找来了乔治,坚持要把门砸开。他们用一把凿子把门撬开了。

"一看到那直挺挺的、躺在床上的身影,科普林护士就知道出了什么事。她让乔治去打电话请医生,可太晚了。医生说,普里查德太太肯定已经死了八小时以上了。她的嗅盐瓶子就躺在她手边,在她身边的墙上,一朵粉红色的天竺葵变成了鲜亮的深蓝色。"

"太可怕了。"赫利尔小姐边说边打了个哆嗦。

亨利爵士皱着眉头问道:"没有更多的细节了?"

班特里上校摇了摇头,但班特里太太急忙说道:"还有煤气呢。"

"煤气是怎么回事?"亨利爵士问道。

"医生到了以后闻到房间里有些轻微的煤气味,他发现壁炉那儿的煤气阀没关紧;不过就那么一点点,根本不会造成什么影响。"

"普里查德先生和护士刚进去的时候没注意到有煤气味吗?"

"护士说她的确闻到了一丝煤气味。乔治说他没闻到煤气味,而是某种让他觉得奇怪而不舒服的气味;不过他觉得那是震惊之余的错觉,但也可能是煤气。不管怎么说,肯定不是煤气中毒,气味淡得几乎闻不到。"

"故事就这样结束了?"

"不,没有。各种说法随后都冒出来了。家里的用人们,你知道的,偷听到了一些事。比如说,他们听到普里查德太太对她丈夫说过他恨她、如果她快死了他一定很高兴。还有一些时间更近一些的话。有一天，她曾针对乔治拒绝搬离那座房子说过，'很好，等我死了，我希望大家都知道是你杀了我。'倒霉的是，乔治在他妻子去世前一天刚好配了些除草剂，准备为花园的小路除草。仆人中有人目睹了这一切，随后还看见他给他太太端了杯热牛奶。

"谣言四起，越传越凶。医生已经给出了死因证明。我不知道准确的术语是什么——休克、晕厥、心力衰竭，或者是什么别的泛泛的医学术语吧。不管怎样，那个可怜的女人下葬还没到一个月，就被一道开棺验尸的命令重新挖了出来。"

"我记得，尸体解剖毫无发现。"亨利爵士语气沉重地说道，"完全是一宗纯粹无中生有的案子。"

"整件事非常离奇。"班特里太太说道，"例如说那个算命的——扎雷达吧。在她说的那个地址，根本没人听说过有这么个人！"

"她就这样凭空出现①，"她丈夫说道，"又彻底消失了。这太不可思议了！"

"还有，"班特里太太接着说道，"据介绍她来的那位小护士卡斯特尔丝说，她从没听说过这个人。"

大家面面相觑。

"一个不可思议的故事，"劳埃德大夫说道，"我们只能做出各种猜测，只能猜测……"

他摇了摇头。

"普里查德先生与英斯托尔小姐结婚了吗？"马普尔小姐柔声

---

①原文为out of the blue，这个短语有"突然"的意思，同时这个短语中又包含了blue即"蓝色"这个词；班特里上校选择这个短语显然是有感而发。

问道。

"您为什么要问这个？"亨利爵士问道。

马普尔小姐睁大了她那温柔的碧眼。

"在我看来这很重要。"她说道，"他们结婚了吗？"

班特里上校摇了摇头。

"我们……唉，我们倒是希望这样……可是现在已经过去十八个月了。我相信他们连面都没见过几次。"

"这很重要，"马普尔小姐说道，"非常重要。"

"那么你和我想的一样喽，"班特里太太说道，"你认为……"

"好啦，多莉，"她丈夫说道，"那不公平。我知道你想说什么。你不能毫无凭据地指责一个人。"

"别那么……那么大男子主义，阿瑟。男人总是什么都不敢说。再说了，只是在我们之间说说而已。我有一个非常大胆的想法，可能……只是可能……珍妮·英斯托尔扮成了那个算命的女人。注意，她可能只是闹着玩的。我绝不认为她会有什么恶意；可是如果她真的那么做了，而偏偏普里查德太太又那么蠢，真的被吓死了……好吧，马普尔小姐是这样想的，对吧？"

"不，亲爱的，不完全是那样。"马普尔小姐说道，"你瞧，如果我想杀掉一个人——当然，我做梦也不会有这种念头，因为这太邪恶了。此外，我也不喜欢杀戮。哪怕是黄蜂，尽管我知道黄蜂必须得除掉，但我认为花匠会尽可能人道地解决掉它们。让我想想，我刚刚说什么来着？"

"如果您想杀人的话。"亨利爵士提示道。

"哦，是的。嗯，如果我想那么做的话，我是不会仅仅依靠惊吓的。大家可能在报纸上看到过有人被吓死的报道，但这种事是很不可靠的，而且绝大多数神经质的人实际上远比大家想象的要勇敢。我会选择更有把握的、更加可靠的手段，而且会做一个周密的计划。"

"马普尔小姐，"亨利爵士说道，"您吓到我了。您该不是想让我丢了饭碗吧。您的计划肯定会天衣无缝的。"

马普尔小姐用责备的眼光看着他。

"我想我已经讲得够清楚了，我绝不会去设想那些邪恶的勾当的。"她说道，"永远也不会，我只是想置身于某个人的角度上来考虑问题。"

"你是指乔治·普里查德吗？"班特里上校问道，"我绝不相信是乔治干的……不过……请注意，就连护士也认为是他干的。事情过去一个月以后，开棺验尸的时候，我到了那儿见过她。她不知道他是怎么干的。实际上，她什么也没说，但是很明显，她相信乔治在某种意义上应对他妻子的死负责。她坚信这一点。"

"嗯，"劳埃德大夫说道，"也许她的想法不全是错的。要注意的是，护士总能了解到一些事。她不能说，因为没有证据，但她的确知道些什么。"

亨利爵士向前倾了倾身子。

"接着说吧，马普尔小姐，"他用鼓励的口吻说道，"您陷入了沉思，不打算跟我们讲讲吗？"

马普尔小姐的脸颊泛起了红晕。

"很抱歉，"她说，"我刚刚在想我们的地区护士的问题。这是一个非常棘手的问题。"

"比这个蓝色天竺葵的问题还棘手吗？"

"那就要看那些报春花了，"马普尔小姐说道，"我是说，班特里太太说那些花是黄色和粉红色的。如果是一朵粉红色的报春花变成了蓝色，那就对了。但如果是一朵黄色的……"

"的确是一朵粉红色的。"班特里太太说道。

她瞪大了眼睛。所有的人都瞪大了眼睛盯着马普尔小姐。

"那么,问题看来就解决了。"马普尔小姐说道,她不无遗憾地摇了摇头,"有黄蜂的季节以及其他的一切。当然了,还有煤气。"

"我猜,这让您想起了数不清的乡村悲剧,是吧?"亨利爵士说道。

"不是悲剧,"马普尔小姐说道,"当然更谈不上犯罪。但是它的确让我想起了我们与地区护士打交道时遇到的一个小麻烦。毕竟,护士也是普通人,必须举止得当,总得穿着不舒服的硬领衣服,还经常得跟她服务的人家打交道。好吧,你还会奇怪有时会出点什么事吗?"

亨利爵士眼睛一亮。

"您是指卡斯特尔斯护士吗?"

"哦,不是,不是卡斯特尔斯护士。是科普林护士。你们看,她曾在那房子里待过,而且经常与普里查德先生打交道,而后者你们说是一位颇有吸引力的男人。我敢说她曾想……这可怜的东西……哎,我们不必深究这一点了。我猜她原先不知道有一位英斯托尔小姐,当然后来她发现了这一点,这就使得她转而与他为敌,并且竭尽所能地陷害他。当然啦,那封信出卖了她,不是吗?"

"什么信?"

"好吧,她应普里查德太太的要求给那个算命的写了封信,然后那个算命的就来了,看起来就是那封信的结果。可是后来大家发现,那个地址根本就没有那么个人。这一点足以说明科普林护士与此事有牵连。她只是假装写了封信……其实她就是那个算命的,还有比这更合理的解释吗?"

"我从没注意到这封信的重要性,"亨利爵士说道,"毫无疑问,这一点非常重要。"

"这是一步险棋,"马普尔小姐说道,"因为普里查德太太有可能识破她的伪装。当然了,如果她认出来了,科普林护士就会装作只是开个玩笑。"

"您说如果您是某人的话,您是不会只寄希望于惊吓的。"亨利爵士问道,"您这话是什么意思呢?"

"那种手段是很不可靠的,"马普尔小姐说道,"不,我认为那些警告,那些蓝色的花……借用军事术语来说就是,"她得意地笑了笑,"伪装。"

"真正的手段呢?"

"要知道,"马普尔小姐抱歉地说道,"我满脑子想的都是黄蜂。可怜的东西,如果有成千上万只的话,那就是灾难了,特别是在这样美好的夏日。我记得我看到花匠把氰化钾加进装水的瓶子里上下摇动的时候,就曾经想过它太像嗅盐瓶了。如果氰化钾被装进一只嗅盐瓶里,并且被拿来调换掉真的那瓶……那个可怜的女人有用嗅盐的习惯。实际上你们也说过,嗅盐瓶就在她手边。当然,之后当普里查德先生去打电话叫医生的时候,科普林护士就可以换上真的那瓶,然后再把煤气打开一点点,以便掩盖氰化物那股杏仁的味道,以免有人闻出来。我曾听说经过足够长的时间后,氰化物在人体内是不会留下任何痕迹的。当然,也可能是我弄错了,瓶子里装的是另一种完全不同的东西。但那并不重要,不是吗?"

马普尔小姐有点气喘吁吁地停了下来。

珍妮·赫利尔向前探了探身子问道:"可是那朵蓝色的天竺

葵，还有其他那些花是怎么回事呢？"

"护士们都有石蕊试纸，对吧？"马普尔小姐说道，"做……嗯，做化验用的。不是什么复杂高深的原理。我不想细说，我自己也干过一点儿护理工作。"她的脸微微泛起了红晕，"蓝色的试纸遇酸就会变成红色，红色的遇碱就会变成蓝色。在红色的花上贴上些红色的石蕊试纸太简单了……当然，要在靠近床的地方。这样，当那个可怜的女人用她的嗅盐瓶时，浓烈的氨气就会把它变成蓝色的。确实是机关算尽。当然了，当他们刚刚破门而入的时候，那朵天竺葵还不是蓝色的——刚开始没人注意过它。护士调换瓶子的时候，把瓶子里的铵盐对着墙纸熏了一会儿，我想是这样的。"

"您就像是在场亲眼所见似的，马普尔小姐。"亨利爵士说道。

"让我感到不安的是，"马普尔小姐说道，"可怜的普里查德先生和那位好姑娘英斯托尔小姐，因为可能互相猜疑而彼此疏远……可生命是如此短暂。"

她摇了摇头。

"您不必为此忧心，"亨利爵士说道，"实际上我藏了一点情况没讲。我们逮捕了那个护士，指控她谋杀了她年老的病人，因为死者给她留了一笔遗产。作案手段就是用装了氰化钾的瓶子调换嗅盐瓶。科普林护士故技重施了。英斯托尔小姐和普里查德先生得知真相后就没必要再互相猜疑了。"

"那岂不是太好了！"马普尔小姐喊道，"当然，我不是指另一起谋杀。那太糟糕了，它让我们看到了世上有多少的罪恶，一旦你向它屈服了……这倒提醒了我，我必须跟劳埃德大夫谈完有关地区护士的问题。"

第八章 陪伴

"那么，劳埃德大夫，"赫利尔小姐说道，"难道您就没有什么恐怖的故事讲给我们听听吗？"

她向他投以迷人的微笑，那每晚都能迷倒无数观众的微笑。珍妮·赫利尔有时被称作英格兰最美丽的女人，而充满妒意的业内同行则常说："当然了，珍妮并不是个真正的艺术家。她根本不会演戏，你们知道我的意思，她就靠那双迷人的眼睛！"

此刻，那双眼睛正带着一种恳求的神情望着那位头发灰白、年长的单身大夫，后者近五年来一直致力于照料圣玛丽·米德村的病患。

伴着一个无意义的手势，大夫脱下了马夹（近来马夹变得越来越紧，让他不太舒服），同时赶紧绞尽脑汁拼命思索，以不辜负那位可爱的人儿对他的期许。

"今晚，我想让自己沉浸在犯罪故事里。"珍妮梦呓般地说道。

"妙极了，"班特里上校，这家的男主人说道，"太妙了，真是妙不可言。"随即他发出一种豪迈的军人式的大笑，"是吧，多莉？"

他的妻子迅速回过神来，展现出了她的社交应变能力（她刚刚一直在盘算她的春季花坛），热情地表示了赞同。

"当然妙极了，"她语气热烈又很含糊，"我也一直有这个想法。"

"是吗，亲爱的？"老马普尔小姐说道，眼睛眨了眨。

"我们很少有什么恐怖事件……也很少有什么犯罪事件……在圣玛丽·米德村这么一个小地方，您想必是能理解的，赫利尔小姐。"劳埃德大夫说道。

"您这话让我感到很奇怪，"亨利·克利瑟林爵士说道，这位苏格兰场的前警监转向了马普尔小姐，"一直以来，我从我们这位朋友这儿了解到的是，圣玛丽·米德村是一个滋生犯罪和非法事件的温床。"

"哦，亨利爵士！"马普尔小姐反驳道，一片红晕飞上了她的两颊，"我肯定没有说过那样的话。我只说过无论乡间还是别的地方，人的本性都是一样的，生活在乡村让人能有更多的机会和闲暇去近距离地观察人性。"

"可是您并不是一直住在这儿的，"珍妮·赫利尔仍然盯着大夫说道，"您去过世界各地许多奇怪的地方……这些地方总会有些不同寻常的事发生吧！"

"没错，是这样的，"劳埃德大夫说道，仍然在拼命地思索，"是的，当然了……是的……啊！有了！"

他松了一口气，坐回到椅子里。

"那是很多年前的事了……我几乎都忘了。但是这件事很奇怪……可以说非常奇怪。而最后让我得到答案的那种巧合也很神奇。"

赫利尔小姐把椅子挪得离他更近了些，补了些口红，满怀期待地等着。其他人也饶有兴趣地看着他。

"我不知道各位是否听说过加那利群岛[①]？"大夫开始了他的故事。

"那些岛一定很美，"珍妮·赫利尔说道，"在南部海滨，对吧？还是在地中海？"

[①] 加那利群岛位于大西洋中部，临近北非海岸，属于西班牙海外领地。群岛由七大火山岛组成，包括下文中提到的特内里费岛和大加那利岛。

"我在去南非的途中顺路去过那儿，"上校说道，"日落时，特内里费岛上特德峰的景观壮丽极了。"

"我要讲的这件事发生在大加那利岛，而不是特内里费岛。已经过去好多年了。那时我的健康状况很糟，不得不放弃在英国的业务，到海外去休养。我在大加那利岛最大的城市斯帕耳马斯开了一间诊所。总地来讲，我在那儿生活得很愉快。那里气候温和，阳光充足，还有绝妙的冲浪运动——要知道我是个游泳爱好者，港口的海滨生活让我着迷。来自世界各地的船只在拉斯帕耳马斯靠岸停泊。每天早上我都沿着防波堤散步，兴趣远远超过女士们对衣帽街的兴趣。

"正像我所说，来自世界各地的船只在拉斯帕耳马斯靠岸停泊。有时他们会停上数小时，有时是一两天。在那里最大的旅馆——'大都会'酒店里，你可以见到不同种族、不同国籍的人，像鸟儿一样飞来飞去的旅客们。即便是那些准备去特内里费岛的人，也都会先到这里待上几天，然后再到别的岛去。

"我的故事就从'大都会'酒店开始。那是一月的一个周四的晚上，酒店里正在举行舞会，我和一位朋友坐在一张小桌边欣赏着这一切。舞池里只有少数英国人和其他国家的人，大部分都是西班牙人；当乐队奏起探戈的时候，就只有六对西班牙人翩翩起舞了。他们都跳得很好，我们在一旁观看，赞赏不已。特别是其中一个女人，尤其惊艳。她身材高挑，美丽而妖娆，以一种半驯化的母豹般的优雅步子移动着。她身上散发着某种危险的气息。我把我的想法告诉了我的朋友，他表示赞同。

"'那样的女人，'他说道，'肯定都有段不一般的历史。她们的生活是不会平淡的。'

"'美貌可能是一种危险的资本。'我说道。

"'不止是美貌,'他坚持道,'还有别的东西。再看看那个女人。肯定会有事发生在她身上,或是因她而起。正像我说的,她的生活是不会平淡的。她的身边会充满各种离奇刺激的事情。只消看她一眼,你就会知道。'

"他停了下来,然后又微笑着加了一句。'再看看那两个女人,你就知道什么事都不会发生在她们身上的!她们生来就是过安宁、平淡的日子的。'

"我循着他的目光看过去。他所说的那两个女人是两位刚刚到达的游客。一艘荷兰籍的船'劳埃德'号那天晚上进港了,乘客们正陆续抵达。

"一看到她们,我马上就领会了我朋友的意思。两位英国女士是你在海外随处都能见到的那种标准的、有教养的英国游客。我估计她们的年龄在四十岁左右。一位是金发,略微丰满了些;另一位是黑发,稍显消瘦了些。她们都称得上衣着得体,穿着裁剪得体的粗花呢套装,外表普普通通、毫不起眼,也没有任何化妆打扮。那种教养良好的英国女人的气质是与生俱来的。她们身上没有任何特别的地方,就和成千上万的姐妹们一样,在贝德克尔旅游指南的指引下,毫不犹豫地去参观想看的东西,对其他的一切则视而不见。无论身在何处,她们总是使用英国图书馆,到英国教堂做礼拜,很可能她们中的一个甚至两个还会画点素描。正如我朋友说的,不会有什么刺激的或是不寻常的事发生在她们任何一个人身上,尽管她们可能已经周游了大半个世界了。把目光从她们身上移回到那位身材妖娆、半闭着双眼的热辣西班牙女郎身上,我微微一笑。"

"可怜的家伙,"珍妮·赫利尔说着,叹了口气,"我觉得人们不会充分发挥自己的魅力真是傻。邦德街上的那个女人,瓦伦泰恩，简直太棒了。奥德丽·登曼就专门找她。你看过她在《下行台阶》里的表演吗？在第一幕中，她演一个女中学生，简直不可思议。可奥德丽至少有五十岁了。实际上，我碰巧知道，她已经快六十岁了。"

"接着讲吧，"班特里太太对劳埃德大夫说道，"我喜欢妖娆的西班牙舞者的故事。这让我忘记了我的年龄和臃肿的身材。"

"抱歉，"劳埃德大夫充满歉意地说道，"实际上，这个故事与那位西班牙女郎无关。"

"与她无关？"

"是的。碰巧我和我朋友都错了。那位西班牙美女身上没发生任何刺激的事。她嫁给了航运事务处的一个职员，到我离开那个岛的时候，她已经生了五个孩子，变得臃肿不堪。"

"就像那个叫伊斯雷尔·彼得斯的女孩一样，"马普尔小姐评论道，"她登台表演，因为有两条漂亮的腿而被指定在哑剧里演男主角。大家都说她恐怕不会有好结果，然而她却嫁了一个推销员，过上了安稳的日子。"

"乡村里的寻常事件。"亨利爵士小声嘟囔道。

"是的，"大夫接着说道，"我的故事与那两位英国女士有关。"

"她们出事了？"赫利尔小姐怔怔地问道。

"她们出事了，而且就在到达后的第二天。"

"是吗？"班特里太太带着鼓励的语气说道。

"只是出于好奇，那天晚上我出去的时候看了一眼旅馆的登记册。我很快就找到了她们的名字。玛丽·巴顿小姐和艾米·达兰特小姐，来自巴克斯郡科顿·韦尔的'小牧场'。我怎么也没想到那么快就会与这两位女士再次相逢，而且还是在那种悲剧的情形下。

"第二天,我和一些朋友计划好了一起去野餐。我们准备驾车穿越小岛,去一个叫拉斯尼威斯的地方——我记得好像是叫这个名字,毕竟已经是很久以前了——吃午饭。那儿有一处比较隐蔽的海湾,如果愿意的话,我们可以在那儿畅游一番。我们按计划行事,不过出发得晚了些,不得不在中途停下来野餐,之后继续前往拉斯尼威斯,想赶在下午茶之前游会儿泳。

"我们刚到海边,立刻就发现那儿出了大乱子。好像全村的人都聚集到了海边。他们一看到我们的车,就立即跑向我们,激动地说了起来。我们的西班牙语都不太好,我花了点时间才弄明白他们在说什么,总算弄明白出了什么事。

"两个昏了头的英国女人下海去游泳,一个游得太远了遇上了麻烦。另一个跟在她身后,想把她拖回来,但也体力不支,危险万分,要不是有一个男的划着小船去把那个救人的和那个被救的都救回来了的话——不过后者怕是没救了。

"我一明白过来,立刻就推开人群向海边奔去。我一开始没认出那两个女人。那个胖一些的身影穿的是一件黑色的弹力泳衣,戴一顶绿色的橡胶泳帽,她焦虑地抬起头来的时候,一点也没有唤起我的记忆。她跪在她朋友的身旁,有点外行地做着人工呼吸。当我告诉她我是大夫时,她松了一口气,我命令她立即到最近的农舍去擦干身子并换上干衣服。和我一起的一位女士陪她一起去了。我徒劳地抢救那个溺水的女人。很明显,她早已没有生命迹象。最后,我无奈地放弃了努力。

"我走进那间渔民的小屋和其他人会合,无奈地宣布了坏消息。那位幸存者此刻已经换上了自己的衣服,我立刻就认出她正是前一晚到达的那两位女士中的一位。她很平静地接受了噩耗,很显然，这件事带给她的震惊超过了悲伤。

"'可怜的艾米，'她说道，'可怜的……可怜的艾米。她一直盼望着到这儿来游泳。她是一个游泳高手。我真不明白。大夫，您能告诉我怎么会出这种事的吗？'

"'可能是抽筋了吧。您能跟我说说当时的情况吗？'

"'我们一起游了……大概有二十分钟吧。然后我想往回游，可艾米说她还想游得再远些。于是她朝远处游去，然后我突然听到她的喊声，意识到她在求救。我尽可能快地向她游去。我游到她那儿的时候她还浮在水面上，可她猛地抓住我不松手，我们俩都开始往下沉。要不是那个人划船来救我们的话，我肯定也淹死了。'

"'那是常有的事，'我说道，'要救一个快被淹死的人可不是件容易的事。'

"'真是太可怕了，'巴顿小姐接着说，'我们昨天才刚到这儿，还沉浸在享受这儿的阳光和我们的小小假期里。可现在……现在却发生了这么悲惨的事。'

"我接着向她详细地询问了那个死去的女人的情况，我告诉她我会尽可能帮助她的，但是西班牙当局肯定要了解全部的信息。她把情况全都向我说明了。

"被淹死的那位艾米·达兰特小姐是她的陪伴，五个月前才应聘的。她们一直相处得很融洽，只是达兰特小姐很少提及她的家人。她很小的时候就成了孤儿，是叔叔把她带大的。她从二十一岁起开始自谋生路。

"这就是全部经过了。"大夫接着说道。他停了下来，然后又补充了一句，但这次带着结束的语气，"这就是全部经过。"

"我没搞懂，"珍妮·赫利尔说道，"这就完了？我是说，这的确很悲惨,不过这……这无论如何也不算'恐怖'啊。"

"我认为还有下文。"亨利爵士说道。

"是的,"劳埃德大夫说道,"下文还长着呢。要知道,当时有一件奇怪的事。我当然要询问在场的那些渔民和其他人看见了些什么,毕竟他们是目击证人。有一个女人讲了一件荒唐的事。我当时没注意她的话,但后来想起来了。你们知道吗,她坚称达兰特小姐呼唤同伴的时候并没有处在困境中。另一个女人向她游过去并且……据这个女人说……故意把达兰特小姐的头往水下摁。就像我说的,我没在意她的话。这故事太不可思议了,另外,同样的情况从岸上看起来也会很不一样。巴顿小姐意识到她的朋友在惊慌失措之下死死抓住她不放会让她们俩同归于尽,她可能会设法先让她的朋友失去知觉。你们看,在那个西班牙女人看来,看上去就像是……嗯,就像是巴顿小姐在蓄意把她的陪伴溺死。

"就像我说过的那样,当时我几乎没在意这个说法。后来我才又想起这件事。我们当时最大的困难是查明那个女人——艾米·达兰特的个人情况。她好像没有什么亲人。巴顿小姐和我一起清理了她的遗物。我们发现了一个地址,并写了封信去,可那被证实只是她租下来存放东西的。房东太太什么都不知道,只在她租下房间的时候见过她一面。达兰特小姐当时曾说过,她喜欢有个属于她自己的、随时可以回去的地方。房间里只有一两件不错的旧家具,一大堆学校的照片,还有一大箱特卖会上买回来的东西,没有什么私人物品。她曾向房东太太提起过,她的父母在她还很小的时候就死在了印度,是一个当牧师的叔叔或舅舅把她带大的,但她没说清楚到底是叔叔还是舅舅,因此无从查起。

"这也没什么好大惊小怪的,只是让人觉得有些失望罢了。

一定有许多独身的女人，性情孤傲，寡言少语，跟她的情形类似。她在拉斯帕尔马斯的遗物里有几张相当陈旧的、已经褪了色的照片，照片已经被裁剪过以便装进相框里，因此没留下摄影师的名字；还有一张用达盖尔银版法[①]拍摄的老照片，照片上的人可能是她的母亲，不过更可能是她的祖母。

"巴顿小姐还提供了两个达兰特小姐的介绍人。有一个她已经忘记了，费了一番脑筋之后想起了另一个的名字。调查发现，那是一位旅居海外的女士，她已经去了澳大利亚。我们给她去了封信。当然，她的回信过了很久才到，可是回信也没帮上什么忙。信中说，达兰特小姐曾经做过她的陪伴，是一个特别能干的女人，很有魅力；不过她一点儿不了解她的个人情况和亲属信息。

"就像我说的那样，这就是全部经过了，没发现什么异常情况，的确如此。只有两件事让我觉得不安：一是没有人知道艾米·达兰特的身世，二是那个西班牙女人讲的那个离奇的故事。是的，我还得补上第三点：当我俯下身去检查达兰特小姐的时候，巴顿小姐正向渔民的小屋走去，她回头看了一眼。那时她的脸上带着一种极度焦虑的神情，忐忑不安，这个表情深深地印在了我的脑海里。

"当时我没觉得这有什么不对头。我觉得她的表情是出于对朋友的痛心之情。但是，知道吗，后来我发现根本不是那么回事。她们之间没有什么深情厚谊，也没有什么痛心之情。巴顿小姐喜欢艾米·达兰特，而且被她的死吓坏了，仅此而已。

[①]达盖尔银版法（Daguerreo type），又称银版照相法，公认为它是相片的起源。由达盖尔发明于一八三九年。在研磨过的银版表面形成碘化银的感光膜，于三十分钟曝光之后，靠汞升华显影而呈阳图。

"可是，那为什么会有那种极度焦虑的神情呢？这个问题一再困扰着我。我没有看错她的神情。尽管我不愿意那么想，但是一种答案还是在我心中逐渐成形了。假设那个西班牙女人的说法是真的，假设玛丽·巴顿真的蓄意而冷血地想要淹死艾米·达兰特。她成功地把她摁进水里并装成是在救她的样子。她被救上了一条船。她们所在的海滩十分偏僻。接着我出现了，这是她不希望看到的。一个医生！而且还是一个英国医生！她很清楚有些比艾米·达兰特溺水时间更长的人经过人工呼吸之后被救活了。但她不得不扮演她的角色，把她的牺牲品单独留给我。当她回头看最后一眼的时候，脸上露出了极度焦虑的可怕神情。艾米·达兰特会不会活过来，然后说出真相？"

"哦！"珍妮·赫利尔说道，"现在我有些毛骨悚然了。"

"从这个角度看，整件事就变得非常邪恶了。艾米·达兰特的身份就变得更加扑朔迷离。艾米·达兰特是什么人？为什么她这个毫不起眼的被雇用的陪伴会被她的雇主谋杀呢？她是几个月前才被巴顿小姐雇用的。玛丽·巴顿把她带到了海外，她们到达目的地的第二天就发生了这场悲剧。她们俩都是有教养的、平凡无奇的、矜持的英国女人！我暗自想道，整件事简直太离奇了。我不得不把这种猜想痛苦地从我脑海中删除。"

"您没有采取什么行动吗？"赫利尔小姐问道。

"亲爱的小姐，我能做什么呢？没有任何证据。大部分目击者的证词和巴顿小姐说的一样。我的怀疑完全是建立在一个转瞬即逝的表情上的，而那完全有可能只是我的想象。我唯一能做、并且已经做了的就是竭尽全力去寻找艾米·达兰特的亲属。我再次回到英国时，甚至亲自去拜访了艾米·达兰特的房东太太，结果我已经告诉你们了。"

"但你还是觉得不对头?"马普尔小姐说道。

劳埃德大夫点了点头。

"有一半的时间,我为自己居然有这种想法而感到羞愧。我怎么能怀疑这么一位有教养、举止得体的英国女士会和一桩邪恶而冷血的犯罪事件有关呢?她在岛上短暂逗留期间里,我尽可能热情地帮助了她。我帮助她应付了西班牙当局。作为一个英国人,我竭尽所能地帮助一位身在异国他乡的同胞;但是,我确信她知道我怀疑她,而且不喜欢她。"

"她在那儿待了多久?"马普尔小姐问道。

"我想大约有两周吧。达兰特小姐就葬在了那儿。大约十天之后,巴顿小姐乘船返回了英国。这突如其来的打击让她十分不安,她不能按原计划在那儿过冬了。她是这么说的。"

"她真的很不安吗?"马普尔小姐问道。

大夫犹豫了一下。

"嗯,从表面上看不太出来。"他谨慎地说道。

"她有没有……比如说……变胖了些?"马普尔小姐问道。

"知道吗……您问这个问题真有意思。我想起来了,我想您是对的。她……没错,要说她有什么变化的话,她似乎是变胖了点。"

"太可怕了,"珍妮·赫利尔浑身颤栗了一下说道,"就像是……就像是受害者的血养肥了她。"

"此外,从另一方面讲,我这么说可能会有些冤枉她。"劳埃德大夫继续说道,"她离开之前说了些话,这些话却指向另一个完全不同的方向。那可能是……我相信那是她的良知在逐渐苏醒,过了这么久以后,面对她所犯下的罪行,她的良知终于苏醒了。

"离开加那利群岛的前一天晚上,她把我请到了她那儿去,对我为她所做的一切表示由衷感谢。我当然轻描淡写地说我只是做了在那种情形下任何人都会做的事,如此云云。之后,我们沉默了片刻,接着她突然问了我一个问题。

"'您认为,'她问道,'绕过法律自行解决问题是正确的吗?'

"我回答说那很难回答,但总的来说,我认为自行解决是不正确的。法律毕竟是法律,我们必须遵守。

"'即便是在它无能为力的时候吗?'

"'我不明白您的意思。'

"'这很难解释清楚。但一个人可能会做出完全错误的事,甚至可能会被认为是犯罪,虽然有恰当而充分的理由那么做。'

"我冷冰冰地回答说,很多罪犯当初可能都是那么想的。她有点畏缩的样子。

"'但那太可怕了,'她小声念叨着,'太可怕了。'

"然后她换了一种语气,问我能否给她一些帮助她入睡的药物。她一直没法安稳入睡,自从——她犹豫了一下,自从那可怕的打击之后。

"'是吗?您就没有什么可担心的事吗?心里没有什么事?'

"'心里?我心里该有什么事呢?'她带着怀疑的语气恶狠狠地说道。

"'有时忧虑和担心是失眠的原因之一。'我淡淡地说。

"她似乎沉思了片刻。

"'您是指对未来的忧虑,还是对过去的担心?这两者中哪一个不能改变呢?'

"'两者都不能改变。'

"'但是为过去而担心毫无益处。你无法挽回……哦！还有什么用呢！人不能沉迷于过去，也不能纠结于过去。'

"我给她开了一剂温和的安眠药就告辞了。离开的时候，我不断回想她刚说过的那些话。'你无法挽回……'无法挽回什么？抑或是无法挽回谁呢？

"这最后一次会面，从某种意义上讲，让我对后来将要发生的事有了思想准备。当然，我没想到会发生那样的事，但是当它发生的时候，我并没有感到意外。因为，要知道，玛丽·巴顿在我心目中自始至终都是一个天良未泯的女人，而不是一个彻头彻尾的恶人，但她是一个有自己的信条的女人，会遵照自己的信条行事，只要她还坚持自己的原则，她就不会手软。我猜想在我们最后的那次谈话中，她已经开始对自己的信条产生了怀疑。我觉得她的那些话暗示出她感受到了一丝良心上的反省和忏悔。

"后来的那件事发生在康沃尔郡的一个小小的海滨浴场，在一年中游客稀少的季节。那一定是在……让我想想……三月下旬。我是从报纸上看到的。报上说，一位女士住在那儿的一家小旅馆，这位女士就是巴顿小姐。她的举止十分怪异：一到晚上就在房间里走来走去，喃喃自语，根本不让住在她两边房间里的人安睡。有一天，她请来了牧师，声称有极为重要的事要谈。她说，她犯下了一桩罪行。然而，谈话还没开始，她又突然站起来说改天再谈。牧师认为她有些轻微精神异常，并没有把她的悔过当真。

"第二天早上，有人发现她失踪了。留了一张字条给了验尸官。上面写道：

昨天我试图跟牧师坦白，招认一切，但我做不到。她不让我那么做。我只能用唯一的方式来赎罪——一命偿一命；我必须和她以同样的方式死掉。我必须也同样溺死在深海中。我原本相信我做得是对的，但现在看来并非如此。我要得到艾米的宽恕就必须去当面向她恳求。我的死与任何人都无关——玛丽·巴顿。

"她的衣服被发现丢在附近一处人迹罕至的海湾，很显然她在那儿脱下了衣服，然后义无反顾地向深海游去了。那里的洋流非常危险，足以把一个人冲向遥远的下游。

"尸体一直没有找到，但失踪达到一定时间之后就会被认定为死亡。她是一个阔绰的女人，她的遗产有十万英镑之巨。由于她生前并没有立下遗嘱，这笔遗产就全部给了她最近的亲属，在澳大利亚的堂亲一家。报纸还谨慎地提到了发生在加那利群岛的悲剧，并提出了一个理论，认为达兰特小姐的死导致她的朋友精神失常。死因调查庭的最后裁决是'一时的精神错乱导致的自杀'。

"这场悲剧最终以艾米·达兰特和玛丽·巴顿双双死亡而落下帷幕。"

一阵沉默之后，珍妮·赫利尔长长地舒了一口气。

"哦，您不能就这么停下来，停在最精彩的地方。继续讲呀。"

"不过您要知道，赫利尔小姐，这不是报纸上的故事连载。这是真实的生活；而真实的生活往往会在它选定的地方停下来。"

"但我不想让它停下来，"珍妮说道，"我想知道真相。"

"那就需要我们开动脑筋去思考了，赫利尔小姐。"亨利爵士解释道，"为什么玛丽·巴顿要杀害她的陪伴？这就是劳埃德大夫给我们提出的问题。"

"哦,好吧,"赫利尔小姐说道,"她可能有许多理由杀掉她。我是说……嗯,我真想不出。她可能是发神经了,或者也许是嫉妒,虽然劳埃德大夫没提到过任何男人,但毕竟她们一起坐船旅行……嗯,大家都知道船上生活以及海上航行的那些事。"

赫利尔小姐停了下来,因为说得太急而有些上气不接下气,而她的听众们都意识到了:她那颗迷人的脑袋的外观可比它的内容物强多了。

"我有很多种猜测,"班特里太太说道,"但我还是只说一种吧。好吧,我想可能是巴顿小姐的父亲是通过毁掉艾米·达兰特的父亲而积累起了他的财富,因此艾米决定报仇。哦,不,完全弄反了。真烦人!为什么有钱的雇主要杀害一文不名的陪伴呢?啊,有了。巴顿小姐有个弟弟向艾米·达兰特求爱未果而开枪自杀。巴顿小姐等候时机。艾米家道中落,巴顿小姐就雇用了她作为陪伴,然后把她带到加那利群岛完成了她的复仇计划。这个推测怎么样?"

"妙极了,"亨利爵士说道,"只是我们不知道巴顿小姐原来还有个弟弟。"

"我们推理出来的,"班特里太太说道,"除非她曾有个弟弟,否则她就没有动机了。所以她肯定曾有个弟弟。明白了吗,华生[①]?"

"非常好,多莉,"她丈夫说道,"但那只是一种猜测。"

"当然是猜测,"班特里太太说道,"我们所能做的只有——猜测。我们又没有什么线索。接着讲,亲爱的,讲讲你的猜测。"

[①]班特里太太这里是在模仿福尔摩斯的口吻。

"确实，我没什么想法。但我觉得赫利尔小姐说的，她们可能为了某个男人闹翻了，似乎有点道理。听着，多莉，他也许是个高教派的牧师。她们都给他绣了件长袍或者别的什么，而他先穿了达兰特小姐给的那一件。这么考虑一下，事情就有些头绪了。想想看她最后是怎么去找牧师的。在一位英俊的牧师面前，这些女人都会昏头的。这种事简直屡见不鲜。"

"我想我的解释可能更周密一点，"亨利爵士说道，"尽管我承认这只是一种猜测。我想巴顿小姐可能一直都有精神问题。由精神错乱引起的案件远比你们想象的要多。她的癫狂症愈演愈烈，开始相信她有义务消灭世上的某些人，也许是那些所谓的'不幸的女人'。我们对达兰特小姐的过去所知甚少。因此很可能她确实有过一段过去，'不幸的'过去。巴顿小姐知道了这些，决定完成她的使命。后来，她开始为她行为的正当性感到不安，并最终被悔恨淹没。她最终的表现证明她已经完全精神错乱了。现在，说您同意我的观点吧，马普尔小姐。"

"恐怕我不能同意，亨利爵士。"马普尔小姐脸上带着歉意的微笑说道，"我认为她最终的表现说明她是一个聪明绝顶、足智多谋的女人。"

珍妮·赫利尔轻轻地尖叫了一声打断了马普尔小姐。

"哦！我真笨。我能再猜一次吗？当然啦，肯定是那样。敲诈！那个陪伴在敲诈她。不过我不明白为什么马普尔小姐说她自杀很聪明。我一点儿也不明白。"

"啊哈！"亨利爵士说道，"瞧着吧，马普尔小姐肯定想起了某个发生在圣玛丽·米德村的类似的案子。"

"您总是嘲笑我，亨利爵士。"马普尔小姐嗔怪似的说道，"我得承认，这的确让我有那么一点想起了老特路特太太。她冒领了三个在不同教区的已经死了的老太太的救济金。"

"听起来真是个设计精巧而又足智多谋的犯罪行为，"亨利爵士说道，"但我看不出这对解决我们眼下的问题有何帮助。"

"当然没有了，"马普尔小姐说道，"对您来说……不会有帮助。但是有些家庭非常贫困，救济金对这些家庭中的孩子们来讲是莫大的恩惠。我知道，局外人是很难理解这一点的。可我真正想说的是，这种事之所以能成功，全靠一个老太太与另一个老太太看上去很相像这一点。"

"嗯？"亨利爵士迷惑不解地说道。

"我总是把事情越说越糊涂。我是说，当劳埃德大夫一开始描述那两位女士的时候，他并不知道谁是谁，我想旅馆里的其他人也分不清她们俩。当然了，一两天以后，大家就能分清楚了；但就在第二天，其中的一个就淹死了，如果活着的那位说她是巴顿小姐，我想没有人会提出异议的。"

"您认为……啊！我明白了。"亨利爵士缓缓地说道。

"这是唯一合理的解释。亲爱的班特里太太刚才也提出了这个问题。为什么有钱的雇主要杀害一文不名的陪伴呢？事情应该倒过来才对。我认为……实际就是这么发生的。"

"是吗？"亨利爵士说道，"您真让我震惊。"

"不过当然了，"马普尔小姐接着说道，"她不得不穿上巴顿小姐的衣服，这些衣服穿在她身上肯定有点紧，因此从表面上看，就像是她变胖了些。这就是为什么我前面要问那个问题。男士们肯定会认为是这位女士变胖了，他们不会想到其实是衣服变小了，这才是正确的解释。"

"可如果艾米·达兰特杀了巴顿小姐，她能得到什么好处呢？"班特里太太问道，"她不可能把这个骗局永远维持下去的呀。"

"她只需要把这个骗局再维持一个月左右就行了。"马普尔小姐指出,"在此期间,我猜她一定是到处旅行,避开那些认识她的人。我前面说过,到了一定岁数,一个女人和另一个女人看起来会很相像。我不认为有人会在意她和护照照片的差异,大家都知道护照照片是什么样的。然后,到了三月份,她到了康沃尔的那个地方,开始故弄玄虚吸引大家的注意力,这样一来当人们在海滩上发现她的衣服、又看到她的遗言后,反而不再会注意那本应是常识性的结论。"

"什么结论?"亨利爵士问道。

"没有尸体,"马普尔小姐一字一板地说道,"要是没有这么多障眼法分散了大家的注意力的话,那本来是明摆着的事实——包括那些反省和忏悔的表演都是。没有尸体。这就是真正明摆着的事实。"

"你的意思是……"班特里太太说道,"……你的意思是根本就没有什么忏悔?没……没有……她没有投海自尽吗?"

"当然没有!"马普尔小姐说道,"不过是又一出特路特太太那样的戏罢了。特路特太太就特别会使障眼法,但她碰到了我这个对手。当然我一眼就能看穿那位悔恨交加的巴顿小姐。投海自尽?去澳大利亚了吧,要是我没猜错的话。"

"您猜对了,马普尔小姐,"劳埃德大夫说道,"毫无疑问,您是对的。后来发生的事让我再次大吃一惊。哎,那天在墨尔本,我彻底惊呆了,你用一根羽毛就能打倒我。"

"那就是您开始时说过的那个让您最终得知真相的巧合吗?"

劳埃德大夫点了点头。

"是的,对于巴顿小姐,或者艾米·达兰特小姐来说,随你们怎么称呼她吧,那真是够倒霉的了。我做了一段时间的随船医生,船在墨尔本靠了岸,我在街上散步时,一眼就看到了那位我原本以为已经在康沃尔淹死了的女士。见到我,她肯定意识到一切都完了,于是她采取了一个很冒险的举动,向我和盘托出。她真是一个奇特的女人,我觉得她完全没有道德观念。她是一个九口之家的长女,全家上下都极度贫困。他们曾求助于在英国的那位有钱的堂姐,却遭到了拒绝,因为巴顿小姐曾与他们的父亲不和。家里实在太缺钱了,因为最小的三个孩子体弱多病,需要支付昂贵的医疗费。于是艾米·巴顿决定实施她的谋杀计划。她动身前往英国,靠在船上当保姆抵付船费。她得到了给玛丽·巴顿小姐作陪伴的工作,自称为艾米·达兰特。她租了个房间,在里面放了点东西以创造这个身份。淹死她堂姐的计划完全是灵光一现。她一直都在等待类似的下手机会。接着,她演完了这场戏的最后一幕,然后回到了澳大利亚。到了适当的时候,她和她的兄弟姐妹们就作为巴顿小姐最近的亲属继承了她的遗产。"

"一桩非常大胆而计划周密的罪行,"亨利爵士说道,"几乎天衣无缝。假如在加那利群岛死的是玛丽·巴顿小姐的话,人们就会怀疑艾米·达兰特,她与巴顿家族的关系就会被查出来;但通过替换身份和'双重谋害'——如果可以这么称呼的话,就有效地避开了怀疑。是的,简直天衣无缝。"

"她后来怎么样了?"班特里太太问道,"你是如何处置这件事的,劳埃德大夫?"

"我当时处在一种尴尬的境地里,班特里太太。就法律要求的证据而言,我几乎没有。另外,尽管那位女士表面上看起来身强力壮、生机勃勃,但作为医生,我清楚地看出了一些预示她将不久于人世的症状。我和她一起去了她家,见到了她家里的其他人，那是可爱的一家人，弟弟妹妹们都由衷敬重他们的大姐，根本不会想到她会犯下那样的罪行。既然我无法证明这一切，又何必要给他们带去伤痛呢？她对我的认罪坦白，我没有告诉任何人。我让她自生自灭。艾米·巴顿小姐在我们那次会面的六个月后死了。我经常会好奇她是否直到最后都心安理得、毫无悔意。"

"肯定不会的。"班特里太太说道。

"我觉得她会那样的。"马普尔小姐说道，"特路特太太就那样。"

珍妮·赫利尔微微打了个哆嗦。

"哦，"她说道，"这太……太恐怖了。我到现在也没弄清楚是谁淹死了谁。还有这个特路特太太又是怎么掺和进来的呢？"

"她和这事没关系，亲爱的，"马普尔小姐说道，"她只是村里的一个人……一个不算太好的人。"

"哦！"珍妮说道，"村里的人。可村里是不会发生什么大事的，不是吗？"她叹了口气，"我要是生活在一个小村子里的话，肯定什么事都不懂。"

第九章 四个嫌疑人

谈话一直围绕着那些未被识破的和未受惩罚的犯罪行为展开。每个人都轮流发表着自己的看法：班特里上校，他那胖胖的和蔼可亲的太太，珍妮·赫利尔，劳埃德大夫，甚至还有年长的马普尔小姐。没有开口的恰恰是大家认为最有发言权的那位。亨利·克利瑟林爵士，苏格兰场的前警监，静静地坐着，捻着他的胡须，或者更确切地说是摸着他的胡须，带着一种似笑非笑的神情，像是想起了什么有趣的事情。

"亨利爵士，"班特里太太最后说道，"如果您什么都不说的话，我可要嚷了。真的有许多的犯罪行为逃脱了法律的惩罚吗？还是根本就没有？"

"您可以想象一个报纸上的标题，班特里太太。'苏格兰场再次陷入一筹莫展的境地'，接下来就可以列出一长串的未解之谜。"

"我想，这类案件只占很小的一部分吧？"劳埃德大夫说道。

"是的，正是如此。成百上千的案件被侦破，罪犯受到了应有的惩处，但却很少被报导和宣传。但这并不是我们眼下讨论的重点，不是吗？未被发现的犯罪事件和未能解决的犯罪事件是两个不同的概念。前者指的是所有那些苏格兰场从未听说过的案件，那些甚至都没人知道曾发生过的案件。"

"我想，这类案子应该不会很多吧？"班特里太太说道。

"不多吗？"

"亨利爵士！您不会要说有很多吧？"

"我认为，"马普尔小姐若有所思地说道，"应该非常多。"

这位可爱的老小姐，带着那种老派的、从容不迫的姿态，以一种极为平和的语气阐述了她的看法。

"亲爱的马普尔小姐。"班特里上校说道。

"当然啦，"马普尔小姐说道，"很多人都有点笨。笨人无论做什么，都会被发现。但也有很多不笨的人，除非他们有根深蒂固的道德准则，否则只要想想他们能干出来的事，你就会不寒而栗。"

"没错，"亨利爵士说道，"很多人一点儿也不笨。许多案件被侦破都是因为一点小小的纰漏，而每一次我们不禁都会想，要不是有那么一点点破绽，又有谁能发现呢？"

"可那就太严重了，克利瑟林，"班特里上校说道，"真的太严重了。"

"是吗？"

"你是什么意思？！当然是啊！这当然很严重。"

"你们说有些罪行没有受到惩罚，可真是那样的吗？它们可能没有受到法律的惩处；但法律之外还有因果报应。虽说恶有恶报这话已经是陈词滥调了，但依我所见，这句话绝对是千真万确的。"

"也许吧，也许吧，"班特里上校说道，"但那并不能改变问题的严重性……呃……严重性。"他有些不知所措地停了下来。

亨利·克利瑟林爵士微微一笑。

"百分之九十九的人毫无疑问都跟你的想法一样，"他说道，"但是你知道吗，重要的不是谁有罪，而是谁无罪。几乎没有人认识到这一点。"

"我不明白。"珍妮·赫利尔说道。

"我明白，"马普尔小姐说道，"当特伦特太太发现包里少了半克朗的时候，受影响最大的是那个每天来打扫卫生的女人，阿瑟太太。特伦特一家自然认为是她干的，但他们很好心，知道阿瑟太太有一大家人要养活，丈夫还酗酒。因此，他们不想把事情闹大。但他们对她的态度和以前不一样了，当他们不在家的时候，不再把房子交给她管理，对她来说这可是一个巨大的变故；其他人也开始对她产生了不一样的看法。结果突然有一天，他们发现原来是家庭女教师干的。特伦特太太在镜子里看见她溜进了房间。这纯属巧合，但我宁愿称它为天意。我想，亨利爵士说的大概就是这个意思。大多数人只对谁偷了钱感兴趣，结果发现是那个最不可能的人干的，就像侦探小说里写的那样！而真正受这件事影响最大却是可怜的阿瑟太太，但她什么也没干。您说的是这个意思吧，亨利爵士？"

"是的，马普尔小姐，您准确地诠释了我的意思。您举例提到的那位清洁女工还算走运。她还是被还以清白了。但有些人却不得不终生遭受不公平的怀疑。"

"您是不是想起了某个案子，亨利爵士？"班特里太太精明地问道。

"实际上，班特里太太，的确如此。那是一起很奇特的案子。那是一起我们相信是谋杀、却永远无法证实的案子。"

"我猜是投毒，"珍妮怔怔地说道，"某种不留痕迹的毒药。"

劳埃德大夫不停地扭动着身子，而亨利爵士摇了摇头。

"不，亲爱的小姐。不是那种南美印第安人的神秘箭毒！我倒希望是那种案子。不得不说，我们遇到的这个问题要平凡得多，实际上太平淡无奇了，因此我们几乎无法找到真正的肇事者。一位老先生从楼梯上摔了下来，摔断了脖子，这是一件几乎每天都会发生的不幸事故。"

"那真相到底是怎么回事呢？"

"谁知道呢?"亨利爵士耸了耸肩,"也许是有人从后面推了他一把?也许是在楼梯口拴了一根细线或者绳子,事后又小心地收了起来?我们永远不得而知了。"

"但您还是认定那……嗯,不是一次意外,是吧?为什么呢?"大夫问道。

"那就说来话长了,但是……是的,我们非常肯定那不是一场意外。就像我说的,根本没有可能找到真正的肇事者,因为证据太薄弱了。但这个案子还有另外一面,那才是我要讲的。要知道,有四个人与此有牵连。其中只有一人有罪,而另外三个则是无辜的。除非查明真相,否则那三个人将一直生活在可怕的被人怀疑的阴影中。"

"我看,"班特里太太说道,"您最好给我们详细讲讲是怎么回事。"

"没必要长篇大论,"亨利爵士说道,"不管怎样,开头那一大段可以一笔带过。故事涉及一个德国的秘密社团'施瓦茨之手',克莫拉阵线①的后继者或者说思想类似的组织。他们从事有组织的敲诈勒索和恐怖活动。这类组织在战后一夜之间冒出了许多,并且以惊人的速度在蔓延。无数人成为了他们的牺牲品。官方的努力收效甚微,因为这些组织的保密工作做得极好,而且几乎无法找到敢于背叛它们的人。

"在英国,很少有人听说过这个组织;但在德国,它却令人闻风丧胆。这个组织最终还是土崩瓦解、烟消云散了,这多亏一个人的不懈努力,那就是罗森博士,他曾经是一位非常杰出的秘密特工。他打入该组织,成为其中的一员,并渗透到了他们的核心

---

① 克莫拉阵线是一八二〇年前后在意大利那不勒斯组成的一个秘密团体,一度发展成颇有势力的政治组织。后因从事诈骗、抢劫而被取缔。

层。我必须说，他在捣毁这一组织的行动中发挥了重要的作用。

"但是这么一来，他变成了众人瞩目的人物，明智的做法是离开德国，至少得离开一段时间。他来到了英国，柏林警方给我们写信说明了情况。他曾来见我，并与我进行了一次私人会晤。他对自己的处境完全持一种超然物外、听之任之的态度。他很清楚将来等待他的会是什么。

"'他们会找到我的，亨利爵士，'他说道，'我毫不怀疑这一点。'他身材魁梧，头脑清晰，声音低沉，只有一点点喉音能让你判断出他的国籍。'那是意料之中的事。无所谓，我有准备。我接受这项任务的时候就已经清楚地意识到了这一点。我已经完成了我的任务。那个组织已经无法再组建起来了。但是有许多团伙成员仍然逍遥法外，他们会采取唯一的报复手段，要我的命。那只是时间问题，不过我还是希望能尽可能晚一点。您知道，我正在收集和编纂一些非常有趣的材料，它们是我毕生工作的总结。我希望，如果可能的话，我能够完成这项工作。'

"他只是轻描淡写、寥寥数语，语气间却充满了庄严，对此我只有敬佩之情。我告诉他说我们会严加防范的，但他却对我的话不屑一顾。

"'迟早有一天，他们会找到我的，'他重复道，'当那天来临的时候，您不必过分自责。我相信您已经竭尽全力了。'

"他随后谈了他的计划，这计划再简单不过了。他打算在乡下找一座小屋，在那儿他可以安宁地生活，并继续他的工作。最后，他选中了萨默塞特郡的一个名叫金斯格纳顿的小村子，离那里七英里有个火车站。除此之外，与世隔绝。他买下了一座迷人的小房子，经过一番翻新改造之后，心满意足地住了下来。和他一起住在那座房子里的还有他的侄女格里塔、一位秘书、一个已经忠心耿耿地跟了他近四十年的德国女佣和一个干室外杂活兼花匠的本地男人。"

"四个嫌疑人。"劳埃德大夫轻声说道。

"完全正确。四个嫌疑人。这之后的事没什么可说的。五个月的安宁生活之后，灾祸终于发生了。一天早上，罗森博士从楼梯上摔了下来，直到半小时后才被发现，发现时他已经死了。事故发生当时，格特鲁德太太正在厨房里，她说，门关着，她什么也没听见；弗罗莱因·格里塔说她正在花园里种某种鳞茎植物；那个花匠，多布斯，正在花园中的小茶棚里喝着他的午茶——他是这么说的；那个秘书外出散步去了，还是一样，独自外出，没人能够证实。没有人有不在场证明，没有人能证实其他人的话。但有一点是肯定的。不可能是外面来的人干的，因为在一个像金斯格纳顿这样的小村子里，一个陌生人是绝对不可能不被注意到的。房子的前后门都锁上了，家里的每个人都有一套钥匙。因此你们看，范围就缩小到了那四个人身上。但是每个人看起来似乎都无可怀疑。格里塔，他亲哥哥的女儿；格特鲁德，忠诚服务了四十年；多布斯，从未离开过金斯格纳顿；还有查尔斯·坦普尔顿，那个秘书……"

"对了，"班特里上校说道，"他怎么样？在我看来，他似乎是最可疑的人。你了解他吗？"

"正是因为我了解他的情况，我才把他完全排除在怀疑对象之外，至少当时是这样的。"亨利爵士低沉地说道，"知道吗，查尔斯·坦普尔顿是我们的人。"

"哦！"班特里上校相当震惊地说道。

"是的。我要派个人在那儿，但又不想引起村里人的关注。罗森也确实需要一位秘书。我就让坦普尔顿去干了这个活儿。他教养良好，能说一口流利的德语，另外他还是个干练的家伙。"

"可是，那么，您怀疑谁呢？"班特里太太一头雾水地问道，"他们看起来都那么……哎，不可能。"

"是的，表面上看是这样的。但你也可以从另一个角度来看问题。弗罗莱因·格里塔是他的侄女，是一位非常可爱的姑娘，但战争已经让我们无数次看到兄妹、父子反目为仇的例子。那些最可爱、最柔弱的姑娘们能做出最耸人听闻的事来。同样的道理也适用于格特鲁特，谁知道她会不会有什么原因这么做呢？也许只是与她雇主的一次争吵，在四十年的忠诚服务之后，这股怨恨可能会不断加深。那个阶层的年长的妇女们有时有着惊人的怨恨。多布斯呢？能不能因为他与这家人没有联系就把他排除在外呢？考虑到钱就不一定了。多布斯完全可能被收买。

"有一点是可以肯定的：一定从外面传来了某个口信或者命令。否则怎么会有那五个月的安宁？不会的，那个组织的成员一直在活动。他们只不过是还不确定是罗森背叛了他们，他们一直等到他的背叛行为已经确定无疑才动手。于是，他们给他们在那个家里的卧底送去了指令——就是，'下手'。"

"太阴险了！"珍妮·赫利尔说着打了个寒颤。

"但那个指令是怎么传进来的呢？这是我一直试图弄清楚的一点，也是解决难题的唯一希望。那四个人中肯定有人以某种方式与外界联系过。不允许延误。我知道他们的规矩，命令一到，必须马上执行。那是'施瓦茨之手'的规矩。

"我开始了深入的调查，调查详尽到了可笑的程度，你们可能会大吃一惊的。那天早上都有什么人进入过那座房子？我一个也没漏掉。这儿是名单。"

他从口袋里掏出了一个信封，从信封里抽出了一张纸。

"肉贩子,送来了一些羊颈肉。经调查属实。"

"杂货商的助手,送来一袋玉米粉、两磅糖、一磅黄油和一磅咖啡。经调查属实。"

"邮递员,带来了:寄给弗罗莱因的两份宣传单;寄给格特鲁德的一封来自本地的信;寄给罗森博士的三封信,其中一封上贴的是外国邮票;寄给坦普尔顿的两封信,其中有一封也是外国邮票。"

亨利爵士停了下来,从信封里抽出一打文件。

"你们可能有兴趣看看这些东西。它们都是相关人员交给我的,或是从废纸篓里翻出来的。不用说,我们找专家鉴定过它们是否用了隐形墨水等手段。没有那种刺激的情况。"

大家围拢在一起看那些信。那两份宣传单分别来自一个苗圃园主和伦敦一家有名的毛皮公司。寄给罗森博士的三封信里有两份是账单。一份寄自本地,是关于花草种子的;另一份是伦敦一家文具公司寄出的。寄给他的那封信是这样写的:

> *My Dear Rosen - Just back from Dr Helmuth Spath's. I saw Edgar Jackson the other day. He and Amos Perry have just come back from Tsingtau. In all Honesty I can't say I envy them the trip. Let me have news of you soon. As I said before: Because of a certain person. You know who I mean, though you don't agree. –*
>
> *Yours, Georgine.*[①]

[①] 亲爱的罗森:

我刚从黑尔默思·斯帕思博士家回来。前几天我还碰到了埃德加·杰克逊。他和阿莫斯·佩里刚从青岛回来。说实在的,我真不羡慕他们这趟旅程。尽快跟我讲讲你的情况吧。我以前就跟你说过:当心那个人。你知道我说的是谁,尽管你不同意……

乔金敬上

"坦普尔顿先生的信里有一封也是账单,你们已经看到了,是他的裁缝寄来的;另一封是一位在德国的朋友寄来的。"亨利爵士继续说道,"不幸的是,那封信他在出去散步的时候撕掉了。最后,我们看看格特鲁德的那封信。"

Dear Mrs Swartz, - We're hoping as how you be able to come the social on friday evening, the vicar says has he hopes you will – one and all being welcome. The resipy for the ham was very good, and I thanks you for it. Hoping as this finds you well and that we shall see you friday I remain. – Yours faithfully, Emma Greene.[①]

劳埃德大夫看完这封信后不觉莞尔一笑,班特里太太也是一样。

"我觉得最后这封信可以排除在外。"劳埃德大夫说道。

"我也这样想,"亨利爵士说道,"但我还是证实了的确有一位格林太太和一次教堂联谊会。再怎么小心也不为过,你们知道的。"

"我们的朋友马普尔小姐就经常这样讲,"劳埃德大夫微笑着说道,"您走神了,马普尔小姐。您在想什么呢?"

马普尔小姐开口说道:"我真是太笨了,"她说,"我刚刚在

[①] 亲爱的斯沃茨太太:
我们想知道您周五晚上是否能来参加联谊会,牧师说您能来。他希望——自己来或者全家来都行。火腿的配方非常好,多谢您啦。希望您果真都好,希望周五能见到您,我再说一次。

您真诚的,
埃玛·格林

纳闷,寄给罗森博士的那封信里,'Honesty'的那个 H 为什么要大写?"

班特里太太接过了话头。

"确实是的,"她说道,"哦!"

"是的,亲爱的,"马普尔小姐说道,"我就知道你会注意到这一点的。"

"那封信里有明确的警告,"班特里上校说道,"我第一眼就看到那个了。我注意到的东西比你们认为得要多。没错,一个明确的警告……针对谁呢?"

"那封信有一点很奇怪,"亨利爵士说道,"据坦普尔顿讲,罗森博士早餐时打开那封信看了看,然后把信扔给了桌子那头的、坦普尔顿,说他根本不认识那位老兄。"

"但那个人不是什么老兄啊,"珍妮·赫利尔说道,"最后的落款是'乔治娜'呀!"

"很难讲签的是什么,"劳埃德大夫说道,"也可能是'乔治伊',但看上去确实像'乔治娜'。不过我感觉还像是男人的笔迹。"

"瞧,这就有趣了,"班特里上校说道,"他把信扔到了桌子那头,装作对此全不知情的样子。肯定是想看看某个人的表情。谁的表情呢?女人的?还是男人的?"

"或许就是那个厨娘?"班特里太太说道,"她也许正把早餐端进餐厅。但我没搞懂的是……这太奇怪了……"

她看着信皱起了眉头。马普尔小姐凑到了她的身边,伸出手指在一页信纸上画着。她们一起在那儿窃窃私语起来。

"可为什么那个秘书要把他的另一封信撕掉呢?"珍妮·赫利尔小姐突然问道,"那似乎……哦!我不知道……那似乎不太正常。他为什么会收到德国来的信呢？不过，当然了，如果他根本不在怀疑之列，就像您说的那样……"

"但亨利爵士没有那么说，"马普尔小姐迅速抬起头，停止了与班特里太太的私下交谈，"他说有四个嫌疑人。那就是说他是把坦普尔顿先生包括在内了的。我这么理解对吧，亨利爵士？"

"是的，马普尔小姐。我从惨痛的教训中学到了一点，永远不要轻易认定某人不用怀疑。我刚刚向你们讲了为什么那三个人有可能犯罪，尽管他们看起来都不太可能。当时我没有分析查尔斯·坦普尔顿的情况。但后来，遵循我刚刚说过的那条戒律的引导，我分析了一下他的情况。我不得不承认这样一个事实：无论在军队里，还是在警察队伍中，都有一定数量的内奸，尽管我们痛恨承认这一点。因此，我不带任何感情地开始研究查尔斯·坦普尔顿的问题。

"刚才赫利尔小姐提出的那些问题，我也反复问过自己。为什么这个家里唯独他不能出示那封信呢？特别是那封信上贴的还是德国邮票。他为什么会收到德国来的信呢？

"最后那个问题似乎是最没有疑点的，我就此问过他。他的回答再简单不过了。他的一个姨妈嫁给了一个德国人，那封信是一个德国的表妹寄来的。这样一来，我了解到了以前不知道的情况，查尔斯·坦普尔顿与德国人有联系。这就让他上了嫌疑人的名单。事实就是这样。他是我的人，是一个我一直都很喜欢和信赖的小伙子。不过公平地说，我必须承认他的嫌疑是最大的。

"但问题在于……我不知道！我不知道……十有八九我永远也无法知道真相了。这不单单是惩治一个罪犯的问题。对我来说，还有一个比惩治罪犯重要百倍的问题。一个正直青年的前程可能就此毁了……仅仅是因为嫌疑，我不敢忽视的嫌疑。"

马普尔小姐轻咳了一声，然后轻声说道："那么，亨利爵士，如果我没理解错的话，其实您心目中一直在考虑的是坦普尔顿先生，对吗？"

"从某种意义上讲，是的。虽然从理论上讲，四个人都有嫌疑，但实际上可差远了。比如说，多布斯，在我心目中，他也有嫌疑，但那并不会影响到他的职业生涯。村里的人都认为老罗森博士的死是场意外。格特鲁德受影响稍大点。弗罗莱因·罗森对她的态度肯定会有所改变。不过，那对她来讲也没多大关系。

"至于弗罗莱因·格里塔·罗森……好吧，这是案子棘手的部分。格里塔是一个非常漂亮的女孩，而查尔斯·坦普尔顿又是一位相貌英俊的年轻人；五个月来，他们被一起扔进这与世隔绝的地方。不可避免地，他们双双坠入了爱河，尽管他们还没亲口承认。

"接着大祸降临。大概在三个月前，我返回伦敦后的一两天，格里塔·罗森来拜访我。她已经卖掉了房子准备好回德国，已经把她叔叔的种种后事料理得差不多了。她是以私人身份来拜访我的，一方面她知道我那时已经退休了，另一方面她来见我本来也是出于一些私人原因。她一开始有些拐弯抹角，但后来还是和盘托出了。她想知道我是怎么想的。那封贴着德国邮票的信一次又一次地困扰着她——就是查尔斯撕掉的那封信。那封信没什么关系吧？当然肯定没什么关系的。她当然相信他的说法，可是……哦！她要是知道到底是怎么回事就好了！如果她知道到底是怎么回事……也就踏实了。

"看到了吗？与我的感受一样：想去相信……但那可怕的潜在的怀疑却深深地扎在心头，如此往复，永无宁日。我对她直言不讳，也请她同样对我坦诚以待。我问她是否真心喜欢查尔斯，而查尔斯也爱慕着她。

"'我想是的,'她说道,'哦,是的,我知道我们都喜欢对方。我们在一起的时候非常快乐。每一天都过得那么安心。我们俩心里都清楚。不用着急,有的是时间。总有一天他会对我说他爱我,而我会告诉他我也爱他……啊!您都能想得到的!可现在一切都变了。我们之间出现了隔阂,我们变得拘束了起来;当我们在一起的时候,都不知道该说些什么。也许,他也有和我一样的感受。我们都在心里想着,要是我能确定就好了!亨利爵士,这就是我来找您的原因,求您对我说,"请你放心,不管杀害你叔叔的人是谁,都绝不会是查尔斯·坦普尔顿!"说呀!哦,跟我说呀!求您……求您了!'

"该死的!"亨利爵士说着,嘭地一声把拳头砸在了桌子上,"我没法对她么讲。他们会越来越疏远,那两个可怜的人……怀疑就像幽灵一样飘荡在他们之间……永远也无法驱散。"

他颓然倒在椅子里,一脸疲惫和忧郁。他沮丧地摇了摇头。

"我们已经无计可施了,除非……"他又挺直了身子,一丝异想天开的微笑掠过他的脸,"除非马普尔小姐能帮我们。您可以吗,马普尔小姐?我有一种感觉,您肯定能从那封信里看出些名堂来,就是那封教堂联谊会的信。那封信就没有让您想起什么人或什么事,能让这个案子真相大白吗?您就不能帮帮这两个渴求幸福的、绝望的年轻人吗?"

在他那异想天开的举动背后是诚心诚意的求助。他对这位柔弱、老派的老小姐的智慧评价非常高。他带着几乎是期望的目光看着她。

马普尔小姐轻咳了几声,整理了一下她的蕾丝花边。

"那的确让我想起了安妮·波尔特尼。"她承认道,"当然了,那封信在我和班特里太太看来再清楚不过了。我不是说教堂联谊会的那封信,而是另一封。亨利爵士,您在伦敦生活了那么久,从没做过园艺活儿,是很难注意到的。"

"哦?"亨利爵士说道,"注意到什么?"

班特里太太伸出一只手,挑出了一份宣传单。她打开宣传单,兴致勃勃地读了起来:

"Dr.Helmuth Spath,纯种的紫丁香,花朵精致美丽,花茎特别长而挺直。特别适于切花和花园装饰。美丽动人。

"Edgar Jackson,美丽的菊花样异形花卉,花朵呈鲜明的砖红色。

"Amos Perry,花色鲜红,最好的装饰用花。

"Tsingtau,鲜艳的橙红色花朵,鲜艳的花园植物,持久的切花品种。

"Honesty[①]……"

"那封信里这个词开头的字母 H 是大写的,还记得吧?"马普尔小姐小声说道。

"Honesty,玫瑰红和白色渐变,花形硕大完美。"

班特里太太丢下这张宣传单,用突如其来的强烈的口气说道:"大丽花!"[②]

"这些花名的首写字母拼起来就是'死亡'(DEATH)。"马普尔小姐解释道。

"但那封信是寄给罗森博士本人的啊。"亨利爵士反驳道。

"这就是最聪明的一点,"马普尔小姐说道,"那封信,还有里面的警告。收到一封他不认识的人寄来的信,里面全是他不认

[①] 指一年生缎花。
[②] 原文为 Dahlias,指大丽花。

识的名字，他会怎么做？哦，当然了，把信交给他的秘书。"

"那么，终究……"

"哦，不！"马普尔小姐说道，"不是秘书干的。其实这一点正好清楚地证明了不是他干的。如果是他干的，他绝不会把这封信留下来。他也绝不会把寄给他自己的那封贴着德国邮票的信撕掉。实际上，他的无辜是……如果您不介意我这么说的话……这昭然若揭。"

"那么是谁……"

"嗯，几乎可以确定是谁……基本是确定无疑的。早餐时还有一个人，她会伸手拿过那封信看看，在那种情形下是很自然的事。事情肯定就是这样。还记得同一批邮件里她收到了一份园艺宣传单吗……"

"格里塔·罗森，"亨利爵士一字一顿地说道，"那么她对我的拜访……"

"先生们永远也看不透这类事的，"马普尔小姐说道，"而且恐怕他们常常会认为我们这些老女人都是……呃……猫。我们经常会用我们的方式去看问题。但事实就是如此。不幸的是，人总是对和自己同一性别的人最为了解。我毫不怀疑那两个年轻人之间存在隔阂。那个小伙子突然产生了一种莫名的厌恶感。他怀疑她，仅仅是出于直觉，而且他无法掩饰他的怀疑。我确定那个姑娘去拜访您完全是出于恶意。她那时已经非常安全了，但她还是用她的方法坐实了您对可怜的坦普尔顿先生的怀疑。她拜访您之前，您本来不那么确定是他干的。"

"我肯定她没说过那种话……"亨利爵士开口说道。

"先生们，"马普尔小姐平静地说道，"是永远也看不透这些女人的小把戏的。"

"那个姑娘……"他顿了顿,"她犯下了冷血的谋杀罪,却逍遥法外!"

"哦!不,亨利爵士,"马普尔小姐说道,"她逃不掉的。你我都坚信这一点。还记得您不久前说过的话吗?不会的。格里塔·罗森躲不过惩罚的。首先,她肯定与一群非常可疑的人为伍。这些人专门从事敲诈勒索和恐怖活动。与他们为伍绝不会有好处,也不会带给她好下场。正如您所说,我们没必要浪费时间去关心那些有罪的人,我们应该关心的是那些无辜的人。坦普尔顿先生,我敢说他正打算跟他的德国表妹结婚呢。他把她寄给他的那封信撕掉了,这看起来的确可疑。今天晚上我们一直都在用这个词,但这里的意味却完全不同。或许他是怕另一个姑娘会看到或者向他要这封信看?是的,我想他们之间肯定是有点暧昧关系的。再来看看多布斯……正如您所说,我敢说这件事对他不会有什么影响。他唯一惦记的可能就是他的午茶了。然后就是那位可怜的老格特鲁德了……她让我想起了安妮·波尔特尼。可怜的安妮·波尔特尼,五十年的忠诚服务却被毫无依据地怀疑,说她弄丢了兰姆小姐的遗嘱。那个可怜人的心几乎碎了;直到她死后,事情才真相大白:在一个茶叶罐的秘密抽格里发现了那份遗嘱,是兰姆太太为了安全起见自己藏在那儿的。但这对可怜的安妮来说已经太迟了。

"正因如此,我才特别惦记那位德国老女人。人老了以后更容易滋生怨念。比起坦普尔顿先生来,我更同情她。毕竟坦普尔顿先生年轻英俊,而且明显深得女人青睐。您会给她写封信的,对吧,亨利爵士?就告诉她,她的清白已经被证实无疑了就好。她亲爱的老主人死了,她肯定会多想的,觉得自己也是嫌疑人……哦!再想下去,我会受不了的!"

"我会给她写信的,马普尔小姐。"亨利爵士说道,他好奇地看着她,"您知道吗,我永远都猜不透您。您的看法总是出乎我的预料。"

"恐怕,我的看法实在是太微不足道了。"马普尔小姐谦逊地说道,"我几乎从没离开过圣玛丽·米德村。"

"但您却解决了可以称得上是跨国的谜案,"亨利先生说道,"您的确已经解决了。对此我深信不疑。"

马普尔小姐脸红了,她微微昂起了头。

"按我们那个时代的标准,我想我算受过良好的教育。我姐姐和我有一位德国家庭女教师,叫弗罗莱因,是个非常多愁善感的人。她教给我们许多花语,如今已经被人们遗忘了,但那还是很迷人的。例如,黄色的郁金香代表没有希望的爱情,而翠菊代表'我因嫉妒而死于你的脚下'等。那封信的落款是乔金(Georgine),用德语说就是 Dahlia①,知道了这个词的含义,整个事情就清楚了。我希望能想起大丽花的花语,但是……哎……想不起来了。我的记性大不如前了。"

"不管怎样,应该不是'死亡'。"

"当然不是。真可怕,不是吗?这世上有许多不幸的事。"

"是的,"班特里太太叹了口气说道,"所幸我们还有花和朋友。"

"你们看出来了吧?她把我们这些朋友排到了花的后面。"劳埃德大夫说道。

"有个男人每晚都往剧院里给我送紫色的兰花。"珍妮梦呓般地说道。

---

① Dahlia 也指大丽花。

"那表示'我等待你的恩宠'。"马普尔小姐兴高采烈地说道。

亨利爵士发出一阵特别的咳嗽声,把头转向了一边。

马普尔小姐突然说道:"我想起来了。大丽花的花语是'背弃和变节'。"

"太对了,"亨利爵士说道,"一点也没错。"

他长长地叹了口气。

第十章 圣诞节的悲剧

"我要提个抗议。"亨利·克利瑟林爵士说道。他轻轻眨着眼睛环视了一圈。班特里上校的双腿直直地伸了出去,正皱着眉头盯着壁炉架,好像在盯着行进队伍中一个懈怠的士兵;他的太太正偷偷地瞄着刚寄来的一份球茎植物的目录;劳埃德大夫正带着一种不加掩饰的仰慕之情看着珍妮·赫利尔;而那位漂亮的女演员却专注于她那打磨得十分光亮的粉红色指甲;只有那位年长的老小姐,马普尔小姐,腰板笔直地坐在那里,她那双有些褪色的蓝眼睛与亨利爵士的目光相遇时眨了一下,表示回应。

"抗议?"她小声说道。

"一个很严正的抗议。我们一共有六个人,男女各占一半,我要代表受压迫的男士们提出抗议。今晚我们已经讲了三个故事了,都是三位男士讲的!我抗议的是女士们还没有贡献出她们的那一份。"

"哦!"班特里太太义愤填膺地说道,"我觉得我们已经做了该做的。我们带着我们的智慧和欣赏之情聆听了你们的讲述。我们展现出了女性的特有姿态——低调、谦和、不出风头。"

"真是个绝妙的借口,"亨利爵士说道,"但这是行不通的。《一千零一夜》里就有一个很好的先例!所以,别推辞了,山鲁佐德。①"

"您是指我吗?"班特里太太说道,"可我真的没什么好讲

---

① 《一千零一夜》(或译《天方夜谭》《阿拉伯之夜》)是著名的阿拉伯民间故事集,其女主角——苏丹新娘山鲁佐德,以一夜复一夜地给苏丹讲述情节连续的有趣故事而免于被杀,并最终打动了苏丹。这里亨利爵士巧妙地借用了这个典故,反驳了班特里太太的托辞。

的。我周围从没发生过流血事件或什么不解之谜。"

"我绝对没有坚持非要讲什么血案,"亨利爵士说道,"但我知道你们三位女士中有一位肯定能讲一个富有生活气息的小谜题。来吧,马普尔小姐——'清洁女工的奇妙巧合'还是'母亲会之谜'呢?别让我们对圣玛丽·米德村失望。"

马普尔小姐摇了摇头。

"没有您会感兴趣的东西,亨利爵士。当然,我们也会遇到一些令我们迷惑不解的小事——一袋精选虾居然莫明其妙地不见了,如此等等;这种小事您不会感兴趣的,因为到最后谜底揭开也都是些微不足道的小事,但就是那些小事也能映射出人类的本性。"

"您已经教会我重视人性了。"亨利爵士认真地说道。

"赫利尔小姐,您呢?"班特里上校问道,"您肯定有一些有趣的经历。"

"没错,肯定有。"劳埃德大夫说道。

"我?"珍妮说道,"你们是说,你们要我讲讲发生在我身上的事吗?"

"或者是您朋友的也行。"亨利爵士纠正道。

"哦!"珍妮含糊地说道,"我想没有什么事发生在我身上,我是说不是我们在讲的那类事。我收到过很多鲜花,当然,还有许多奇怪的留言,但那都是男人们爱干的事,不是吗?我不认为……"她停了下来,似乎陷入了沉思。

"看来我们只能听听虾的传奇了。"亨利爵士说道,"那请吧,马普尔小姐。"

"您真会说笑,亨利爵十。虾的事只是随口一说的;但我现在想了想,倒真想起了一件往事,起码不是件小事,而是严重得多的事,是一场悲剧。而我,在某种程度上也卷了进去。我对自己做的事从不后悔,是的,一点儿也不后悔。不过这件事不是发生在圣玛丽·米德村的。"

"那真令我有些失望,"亨利爵士说道,"不过我会尽量打起精神来的。我知道您不会让我们失望的。"

他摆出了一副洗耳恭听的姿态。马普尔小姐的脸微微发红。

"我希望能把这个故事讲清楚,"她有些忧虑地说道,"恐怕我总爱跑题。离题的时候,自己往往都没意识到。另外我也记不太清楚事情的先后顺序了。如果我叙述得不清楚的话,大家一定要多多包涵。那是很久以前的事了。

"我说过,这件事与圣玛丽·米德村无关。实际上,它与一所水疗院有关……"

"您是说水上飞机吗?"① 珍妮瞪大了双眼问道。

"你没听说过那种地方,亲爱的。"班特里太太说道,并向她解释了一番。她的丈夫也补充了一些意见。

"可恶的地方!可恶到了极点!一大早就得起床,喝那些尝起来脏兮兮的水。一群老太太坐在一起,谈论各种居心叵测的话题。上帝啊,我一想起——"

"好啦,阿瑟,"班特里太太心平气和地说道,"要知道,那里对你的健康特别有好处。"

"一群老太太坐在一起闲扯各种丑闻。"班特里上校咕哝道。

"恐怕确实是那样的。"马普尔小姐说道,"我自己……"

"亲爱的马普尔小姐,"上校叫道,一脸惊慌失措,"我压根儿不是指……"

---

①原文Hydro既可以指水疗院,又可以指水上飞机。但年轻时尚的赫利尔小姐显然更熟悉后一种含意,而对主要为中老年人提供疗养服务的水疗院不太了解。

马普尔小姐两颊绯红，略做手势，止住了他的话。

"确实如此，班特里上校。我想说的也是那些。让我想想说到哪儿了。对了，闲聊八卦，就像你说的那样，她们真没少谈这类事情。人们都看不起这种行为，特别是年轻人。我的外甥是位作家，我觉得他的书都很精巧。他曾经毫无根据地对爱嚼舌根的人的性格和品质做出一些非常刻薄的评价，说他们非常邪恶，如此等等。可我想说的是，这些年轻人里没有人肯停下来好好想一想。他们根本都没去核实一下情况。问题的关键在于：这些闲扯八卦，就这么说吧，到底有多少是真事！我觉得，如果他们像我说的那样去核实一下的话，他们可能会发现十之八九都是真的！真正让人恼火的正是这一点。"

"真是个颇有启发性的猜想。"亨利爵士说道。

"不，不是那么回事，完全不是您说的那回事！其实就是一个实践与经验的问题。我曾听说过一个埃及文物学家，你给他一只奇妙的圣甲虫，他只要看一看、摸一摸，就能告诉你它是属于公元前哪一年的，或者是伯明翰的仿制品。他从来也说不清这里面有什么规律可循。他就是能识别。他一辈子都在和这些东西打交道。

"我想表达的就是这个意思——我知道我表达得很不清楚。我外甥口中的那些'多余的女人们'有着大把的时间，她们主要的兴趣通常就是形形色色的人。所以，你看，她们在这方面简直称得上是'专家'了。如今的年轻人……他们可以非常随意地谈论我们年轻时避而不谈的话题；但另一方面，他们的头脑却天真得可怕。他们会轻信各种人、各种事。如果你试图劝诫他们，即便只是委婉地提醒，他们也会对你说你的思想已经过时了……他们说你的思想，就像是一个洗涤槽。"

"不过,"亨利爵士说道,"洗涤槽又有什么不妥呢?"

"没错,"马普尔小姐有些激动地说道,"在任何房子里,它都是必不可少的东西,虽然没什么浪漫气息。我得承认,我也会有情绪,就像其他人一样,有时候我也会被那些不假思索的话语深深地伤害到。我知道先生们对家务事不感兴趣,但我还是得说说我那位女仆埃塞尔——一位非常漂亮、处处显得很有教养的姑娘。我一见到她,就知道她和安妮·韦布以及可怜的布鲁特太太家的那个女仆是一类人。时机一到,对她来讲,东西是你的还是她的就不重要了。于是我当月就把她辞退了,我给她写了封推荐信说她诚实可靠,但私底下我警告老爱德华太太不要雇用她;我的外甥雷蒙德对此极为愤慨,说他从没听说过这么恶毒的事。没错,恶毒。后来,她又到了艾什顿夫人那儿,我觉得我没有义务提醒她……然后怎么样呢?所有内衣的花边都被剪了下来,两枚钻石胸针被拿走了,而那个姑娘则在半夜逃走了,从此音讯全无。"

马普尔小姐停了下来,深深地吸了口气,然后接着说道:"你们会说,这与发生在凯斯顿水疗院的事毫不相干,但其实在某种意义上是有关系的。这正好能说明,为什么从我第一眼看到桑德斯夫妇,就知道先生想摆脱太太。"

"哦?"亨利爵士说道,向前探了探身子。

马普尔小姐带着平静的表情转头看着他。

"就像我说的那样,亨利爵士,我毫不怀疑他要甩掉她。桑德斯先生是个大块头,相貌英俊,脸色红润,举止热情,与所有人都相处融洽。没有人比他对自己的妻子更殷勤了。但我就是知道!他想要甩掉她。"

"亲爱的马普尔小姐……"

"是的，我明白。我的外甥，雷蒙德·韦斯特，也会那么说的。他会说我是毫无根据地捕风捉影。可我还记得沃尔特·霍思利，格林曼的老板，有一天晚上和他太太一起走着回家，他太太掉进了河里，而他却拿到了他太太的保险金！还有另外一两个人时至今日仍然逍遥法外——有一个实际上还是我们这个阶层的。夫妇二人到瑞士去避暑，他们一起登山。我警告她不要去，那可怜的家伙倒没有发火，她只是耻笑了我一场。她觉得像我这样的老古董居然会对她的哈利产生这种想法，真是可笑。唉，唉，意外发生了，哈利如今又娶了另一个女人。可我能做什么呢？我知道是怎么回事，可没有证据。"

"哦！马普尔小姐，"班特里太太叫道，"你该不是在说……"

"亲爱的，这种事很常见……实际上相当常见。男士们尽管更强壮，但他们很容易受到诱惑。如果把事情弄得看上去像是意外，那就简单多了。我前面说过，我一看到桑德斯夫妇，就知道会发生什么事。事情发生在有轨电车上。车内挤满了人，我不得不到上层去。我们三个人站起来准备下车时，桑德斯先生失去了平衡，正好向他太太那边倒了下去，把她撞得头朝下地向楼梯下面栽了下去。幸运的是，售票员是个年轻力壮的小伙子，他及时抓住了她。"

"可那肯定只是场意外。"

"那当然是场意外，没有比那看上去更像意外的了！但桑德斯先生跟我说过，他曾经在商船上工作过，如果他在剧烈颠簸的船上都能保持平衡，那他就不会在连我这老太婆都站得稳的电车上跌倒。"

"不管怎么说，我们觉得这可能是您自己的想象，马普尔小姐，"亨利爵士说道，"多少有虚构的成分。"

老太太点了点头。

"我相信自己的判断,没多久之后,过马路时发生的一次意外让我更加确信了。现在,我来问您,我该怎么做,亨利爵士?有一位心满意足、幸福快乐的已婚妇女很快就会被谋杀。"

"亲爱的女士,您真让我大吃一惊。"

"那是因为,像如今的大多数人一样,您不愿面对现实,宁愿认为这种事是不会发生的。但事实就是如此,我知道这一点。但我真的是太无能了!比如说,我不能到警察局去报案。而我也看得出来,警告那个女人是没用的。她完全倾心于她的丈夫。我只能尽量去了解有关他们俩的情况。俗话说,在火边你有足够的时间做针钱活儿。桑德斯太太——她名叫格拉迪斯——非常愿意与人交谈。他们好像刚结婚不久。据说她丈夫很快将会得到一笔财产,但眼下他们的日子很拮据。实际上,他们是在靠她那笔小小的收入过日子。这种事大家以前都听说过。她抱怨说她根本动不了她的资产,好像某某人已经在某某地方做好了安排!但是她有权把那笔钱留给别人。我发现了这一点。她和她丈夫结婚以后就各自立下遗嘱把财产留给了对方。非常感人。当然,等杰克①的事业步入正轨了……每天的开销都不少,而他们却不幸相当拮据……实际上他们住在顶楼的一个房间里,与服务人员的房间在一起……一旦失火是很危险的,不过如果真有火灾发生的话,他们窗外就有一个救生通道。我小心地问她房间外面是否有阳台。阳台是危险的地方,只要轻轻一推……你们明白。

"我设法让她保证不会到外面的阳台上去;我说这是梦的启示。这个说法让她深为信服,有时候迷信能起很大的作用。她是

---

① 桑德斯先生的昵称。

个金发的姑娘,脸色有些苍白,一头卷发散落在颈后。她非常轻信于人。她把我的话原封不动地告诉了她的丈夫,有一两次,我发现他用奇怪的眼神看着我。他可不是那种轻信的人,而且他知道那天我也在电车上。

"但是我很担心……非常担心……因为我不知道怎么才能斗过他。我可以防止在水疗院期间出事,只要跟他说上只言片语,暗示我对他有所怀疑就行。但那也只不过是把他的计划推迟了一点而已。不,我开始相信只有一个大胆的方案可以奏效,用某种办法给他设个陷阱。如果我能引诱他试图按我选定的方式谋害她的话……到时候他的假面具就会被撕下来,而她就会被迫面对现实了,不管那对她来讲是多大的打击。"

"您真让我大吃一惊。"劳埃德大夫说道,"您用的什么妙计?"

"别担心,我想到了一个办法。"马普尔小姐说道,"但那个男人比我想象的要聪明得多。他没有再等下去。他知道我可能已经起了疑心,因此他抢在我还不敢完全确定之前就动了手。他知道弄成一场意外,我会怀疑;因此他索性弄成了一场谋杀。"

在座的人都屏住了呼吸。马普尔小姐点了点头,咬紧了双唇。

"恐怕我讲得有点唐突。我一定会尽量精准地告诉你们发生的一切。我一直都为此事感到非常痛心。在我看来,我原本可以阻止的。但万能的上帝知道,我已经尽了全力。

"当时有一种我只能形容为怪异而恐惧的气氛,像是有什么东西压在我们身上,一种不祥的感觉。刚开始是乔治,大厅里的行李员,他已经在那儿待了好多年了,认识每一个人。他先是得了气管炎,后来发展成了肺炎,得病后的第四天死掉了。这是一个相当悲惨的事件,对每个人来说都是个不小的打击。那时离圣诞节只有四天了。接着是一位女佣……多好的一位姑娘……就因为一根感染的手指,二十四小时内就死掉了。

"我和特罗洛普小姐以及老卡彭特太太一起坐在客厅里,卡彭特太太活像个食尸鬼一样,对这一切乐在其中。

"'记住我的话,'她说道,'这还不算完。记得老话怎么说来着?过二不过三。这话一次次地应验过。还会再死一个人的。不用怀疑这一点。而且也不用等太久。过二不过三。'

"她说最后这句话的时候点了点头,把编织针碰得咔嗒响,我一抬头,刚好看见桑德斯先生就站在门口。有那么一会儿他放松了警惕,脸上的表情再清楚不过了。到死的那天我也会认为是那个让人毛骨悚然的卡彭特太太的话给了他那个念头。我看得出他的脑筋开动了起来。

"他带着他那亲切的微笑走进了房间。

"'需要我为各位女士采购些圣诞用品吗?'他问道,'我正准备去凯斯顿。'

"他在那儿待了一两分钟,谈笑风生,然后就出去了。我说过,我很担心,于是我直截了当地问道:'桑德斯太太在哪儿?有人知道吗?'

"特罗洛普太太说她去找她朋友莫蒂默一家打桥牌去了,这让我的心思暂时安稳了些。但我依然感到忧心忡忡,完全拿不准该做些什么。大约半小时后,我上楼回到了我的房间。我遇到了科尔斯大夫,他是我的医生,我上楼的时候他刚好走下来。我正想跟他谈谈我的风湿病,于是顺势把他请到了我的房间。他跟我提起了那可怜的姑娘——玛丽的死,他说这是私底下讲讲的。他说经理不希望这件事张扬出去,所以请我也保守秘密。当然我没告诉他,前一个小时里我们就没讨论别的事,从玛丽刚断气就开始了。这类事情总是立刻就会被大家知道的,对此稍微有点经验的人应该都明白。但科尔斯大夫一直都是个心思单纯且毫无疑心的人,他只相信他愿意相信的东西,而他的这种轻信很快就引起了我的警觉。他起身离开的时候说,桑德斯先生请他去看看他的太太。她最近似乎有些无精打采,可能是消化不良引起的。

"可就在当天,格拉迪斯·桑德斯还对我说过她的消化非常好,真是谢天谢地呢。

"明白了吧?我对那个男人的怀疑顿时增加了百倍。他正在为某种行动做准备,但是什么行动呢?我还没下定决心要不要谈谈我的想法时,科尔斯大夫就离开了我的房间。不过其实就算我要说,也不知道该从何说起。我从房间里出来的时候,那个人,桑德斯,正好从楼上下来。他穿戴好了准备外出,再次问我是否需要他在城里给我办点什么事。我只能跟他客套了一番。之后我径直走到了休息厅,点了茶。我记得当时正好是五点半。

"现在我想把后来发生的事讲得清楚些。我在休息厅里一直待到差一刻七点,这时,桑德斯先生走了进来。有两位男士与他一起,三个人都相当愉快。桑德斯先生撇下他的两个朋友,向我和特罗洛普太太坐的地方走了过来。他说他想听听我们对他给他太太买的圣诞礼物的看法。他买的是一个配晚礼服的包。

"'瞧,女士们,'他说道,'我只是个粗莽的水手。哪儿懂这类东西啊?我让他们送来三个供我挑选,我想听听你们这些专家的意见。'

"我们说当然乐意效劳,他问能否劳驾我们上楼去,因为他太太随时可能会回来,如果他把东西拿下来的话,有可能被她撞见。于是我们就跟他上了楼。我这辈子都不会忘记随后发生的事,直到现在我仍然觉得我的小指在隐隐作痛。

"桑德斯先生打开了卧室的门,开了灯。我不知道到底是我们中的哪一个最先看见的……

"桑德斯太太脸冲下倒在地板上……死了。

"我最先向她奔过去。我在她身旁跪了下来,拿起她的手摸了摸她的脉搏,但已经没用了,她的胳膊已经冰凉僵硬。紧挨着她的头边有一只填满了沙子的袜子,那就是击倒她的凶器。特罗洛普小姐,那个蠢货,只知道靠在门边抱着脑袋哭哭啼啼。桑德斯大叫一声'我的太太,我的太太'冲向了她。我没让他碰她。要知道,当时我就肯定是他干的,他一定是想把什么东西拿走或者藏起来。

"'什么也不许碰,'我说道,'振作一点,桑德斯先生。特罗洛普小姐,请到楼下把经理找来。'

"我留在那里,跪在尸体旁边。我不能让桑德斯单独与她在一起。但我不得不承认,如果他是在表演的话,那他演得简直棒极了。他看上去是那样的茫然而迷惑,完全被吓傻了。

"不一会儿,经理就来到了现场。他迅速地把房间检视了一遍,然后把我们都赶了出来,锁上了门,钥匙拿在他自己手里。然后他去给警察打了电话。警察来的时候,我们感觉像是过了一个世纪。后来我们才知道是电话线路出了问题,经理不得不派一个信使去警察局报案,而水疗院位于城外沼地旁边。卡彭特太太非常仔细地向我们每一个人打听了情况。她对她那'过二不过三'的预言这么快就得到了应验非常满意。听说桑德斯漫无目的地走到了水疗院的庭院里,双手抱着脑袋呻吟着,展示出极大的悲痛。

"不管怎样,警察最终还是来了。他们和经理、桑德斯先生一起上了楼。稍后,他们派人下来找我。我上了楼。警督正坐在桌子旁边写着什么。他是一位看上去很聪明的人,我喜欢他。

"'简·马普尔小姐吗?'他问道。

"'是的。'

"'我听说,女士,尸体被发现的时候,您在现场?'

"我回答'是的'并准确描述了当时的情形。我想这可怜的人在总算找到了一位能有条有理地回答他问题的人之后松了一口气。之前跟桑德斯以及艾米莉·特罗洛普打了半天交道之后,他肯定已经是一头雾水了,特别是后者,简直就是个蠢货!我亲爱的母亲曾教导我说,一个有教养的女人应该永远能在公众场合控制住自己的情绪,尽管私底下她可能已经快要失控了。"

"一句令人钦佩的格言。"亨利爵士认真地说道。

"我说完了以后,警督说道:'谢谢您,女士。现在恐怕我还得请您再看一看尸体。她是否还是在你们进入房间时她在的地方?有没有被移动过?'

"我解释说我没让桑德斯先生挪动尸体,警督点头表示赞许。

"'那位先生好像受到了很大的打击。'他说道。

"'看上去是那样……没错。'我答道。

"我觉得我并没有强调'看上去'这几个字,但警督仍用一种相当犀利的目光看着我。

"'那么我们可以肯定尸体就跟刚被发现的时候一样?'他说道。

"'除了帽子以外,是的。'我答道。

"警督机警地抬起头来。'您是什么意思……帽子怎么了?'

"我解释说,那顶帽子原本是戴在可怜的格拉迪斯头上的,但现在却掉在她头边上了。当然,我原以为是警察搞的。然而警督断然否认是他们干的。到目前为止,他们没移动过、甚至没碰过任何东西。他站在那儿,皱着眉头、困惑地看着面朝下趴着的尸体。格拉迪斯穿着出门的衣服——一件深红色的花呢外套,还有一条灰色的毛领。那顶帽子,一顶廉价的红色毡帽,就躺在她脑袋边上。

"警督一言不发地在那儿站了好一会儿,眉头紧蹙。突然他像是想到了什么。

"'您有没有可能记得,死者耳朵上是否有耳环,或者死者生前是不是有戴耳环的习惯?'

"幸运的是,我有仔细观察事物的习惯。我的确记得有一对珍珠耳环在帽檐下面熠熠闪光,虽然我当时没有特别注意,但对他的前一个问题我可以给出肯定的答复。

"'那就对了。那位女士的珠宝盒被洗劫一空。我知道,她并没有什么值钱的东西。手指上的戒指也被摘走了。凶手准是忘了耳环,所以在谋杀被发现后又回来摘走了耳环。一个冷血的家伙!哦!也许……'他环顾四周,然后缓缓地说道,'他当时可能就藏在这个房间里,一直都在。'

"但我不同意他的想法。我解释说,我亲自查看过床底下。经理也打开衣橱看过。没有其他可以藏人的地方了。的确,衣橱中间的帽柜是锁着的,但那只是一个浅浅的带搁板的柜子,是没办法藏人的。

"我在陈述这些看法的时候,警督缓缓地点了点头。

"'我同意您的看法,女士,'他说道,'这样一来,就像我前面说过的,他肯定是又回来过。一个非常冷血的家伙。'

"'可经理锁上了门,还把钥匙攥在了手里啊!'

"'那说明不了什么。阳台和逃生通道都是小偷出入的捷径。说不定你们的到来惊扰了他。他从窗口那儿溜走了,然后等你们

都离开了,他又回来继续他的勾当。'

"'您能肯定,'我说道,'是小偷所为吗?'

"他淡淡地说道:'嗯,看起来像是那样,不是吗?'

"他意味深长的语气让我觉得宽慰。我觉得他并没有真的只是把桑德斯先生当作丧妻的鳏夫看待。

"要知道,我承认这一点。我确实是像我们的友好邻邦法国人会说的那样'固执己见'。我知道,那个家伙,桑德斯,企图谋害他的妻子。我一直在防范的是那些古怪离奇的事件,也就是所谓的巧合事件。我对桑德斯先生的看法是绝对正确无误的,对此我确信无疑。那个人是个恶棍。虽然他那虚伪的悲伤一刻也没能欺骗得了我,但我的确记得当时他那震惊和迷惑的神情非常逼真。那神情看起来绝对是自然流露的,如果你们明白我的意思的话。我得承认与警督交谈之后,一丝奇怪的疑虑浮上了我的心头。因为如果这可怕的罪行是桑德斯干的,我想不出任何可信的理由能让他顺着逃生通道溜回到现场,取走他妻子的耳环。那可不是明智之举,而桑德斯是一个头脑非常清醒的人,也就是因为这一点,我才觉得他格外危险。"

马普尔小姐环视她的听众。

"也许,你们都猜得出我将得出怎样的结论吧?那就是,就像司空见惯的那样,这世上会发生很多意料之外的事。我太过于确信了,我认为,正是这一点让我做出了盲目的判断。这件事的结果对我来说是一个巨大的震动。因为事实证明,尽管存在各种可能的怀疑,但桑德斯先生不可能犯下这桩罪行……"

班特里太太发出一声惊诧的喘息。马普尔小姐转向她说道:"我知道,亲爱的,这个故事从一开始就不是你所希望的那样,它也不是我所希望的。但事实就是事实,如果事实证明某人错了,那他就得谦卑地承认错误,然后重新开始。我从心底里认定桑德斯先生就是凶手,还没有什么能够动摇我那坚定的看法。

"我想,现在大家都想听听事实经过是怎样的吧。正像大家知道的那样,桑德斯太太整个下午都在和一些朋友——莫蒂默一家——一起打桥牌。她大约在六点一刻离开。从她朋友家到水疗院步行要走一刻钟,如果走得快点还用不了那么久。她六点半怎么都能到了。没人看见她进来,所以她肯定是从侧门进来,然后直接匆匆回到她的房间的。她换了衣服,她穿着去打牌的那件浅黄褐色的外套和裙子就挂在衣橱里;被击倒的时候,她很显然正准备再次外出。他们说,很可能她根本都不知道是谁把她击倒的。那个沙袋确实是一件很有效的武器。这么看来,凶手很可能就藏在房间里,也许就在某个她没打开的衣橱里。

"现在来看看桑德斯先生的行踪。如我前面所说,他是五点半……或者再晚些出去的。他在几家商店买了些东西,大约六点钟,他进了'水疗大酒店',在那儿他邂逅了两个朋友,就是后来与他一起回到水疗院的那两个人。我猜,他们一起打了台球,还喝了不少威士忌加苏打。那两个人,希契科克和斯彭德,从那天下午六点以后就一直和他在一起。他们和他一起回到了水疗院,然后,他撇下他们,走向了我和特罗洛普小姐。那时,我之前告诉过你们,是差一刻七点,那时候他的妻子肯定已经死了。

"我得告诉你们,我亲自跟他的那两位朋友谈过。我不喜欢他们。他们举止粗鲁,缺乏教养;但有一点是肯定的,他们说那天桑德斯一直和他们在一起,那绝对是实话。

"只有一个小插曲值得一提。好像在打牌的时候,有个电话找桑德斯太太。某位利特尔沃思先生想跟她通话。听完电话之后,似乎有什么事让她既兴奋又高兴,她不留神打错了一两次牌，之后比事先计划的提早了很多就离开了。

"桑德斯先生被问起是否知道他太太有个叫利特尔沃思的朋友，他说他从未听说过这个名字。在我看来，他太太的态度似乎也证实了这一点，她也不知道利特尔沃思这个名字。不过，她听完电话之后面带微笑、脸色潮红回到了牌桌上，因此，不管那个人是谁，他报出的都不是他的真名，而这一点就有几分可疑了，不是吗？

"不管怎么样，这个问题被搁置一旁了。盗窃案的假设的确有些站不住脚；而另一种推论则是，桑德斯太太正准备外出去和某个人见面。那个人是不是从逃生通道进入了她的房间？他们是不是吵了一架？或许就是他反目为仇，将她杀害了？"

马普尔小姐停了下来。

"那么，"亨利爵士说道，"答案是什么呢？"

"我想知道你们有没有人能猜出来。"

"我从不善于猜谜，"班特里太太说道，"真可惜桑德斯有那么充分的不在场证明；不过如果你都接受了，那肯定没问题了。"

珍妮·赫利尔转过她那漂亮的脑袋问了一个问题。

"为什么，"她说道，"那个帽柜被锁上了呢？"

"亲爱的，你真是太聪明了，"马普尔小姐欣喜地说道，"我也对那一点感到纳闷。不过原因很简单。里面是一双绣花拖鞋和一些手帕，它们是那可怜的姑娘为她丈夫绣的圣诞礼物，这就是她把柜子锁起来的原因。钥匙后来在她的手袋里找到了。"

"哦！"珍妮说道，"那就没什么意义了。"

"哦！并非如此，"马普尔小姐说道，"那正是真正有意义的一点，正是那一点打乱了凶手的计划。"

每个人都盯着这位老小姐。

"我自己过了两天才想明白这一点，"马普尔小姐说道，"我想呀想呀，忽然一切都清楚了。我去找警督，请他做个试验，他照办了。"

"您让他试什么呢？"

"我请他把那顶帽子戴到那可怜的姑娘头上试试看。当然她戴不上去。不可能戴得上去。要知道，那不是她的帽子。"

班特里太太瞪大了双眼。

"但一开始的时候是戴在她头上的啊？"

"没戴在她头上……"

马普尔小姐稍作停顿，让她的话深入到其他人的心里，然后接着说了下去。

"我们想当然地认为那是可怜的格拉迪斯的尸体，但谁都没去看她的脸。她脸朝下，还记得吗，那顶帽子把头和脸都遮住了。"

"但她确实被杀了呀？"

"是的，但是是在后来。当我们打电话报警的时候，格拉迪斯·桑德斯还活得好好的。"

"你是说有人假扮成她吗？可当你碰她的时候肯定……"

"那是具死尸，一点没错。"马普尔小姐严肃地说道。

"可是，真见鬼，"班特里上校说道，"尸首又不是随处都能找到的。他们又怎么处理那……那第一具尸体呢？"

"他把她搬了回去。"马普尔小姐说道，"那是个邪恶的主意，但的确聪明透顶。是我们在客厅里的谈话让他萌生了这个计划。那可怜的玛丽，那个女仆的尸体，为什么不利用一下呢？还记得吗，桑德斯夫妇的房间和服务人员的房间在一起。玛丽的房间离他们的房间只隔两个门。殡仪员要天黑以后才能到。他就指望这一点了。他沿着阳台把尸体搬了过来，五点的时候天已经黑了，给她穿上妻子的衣服，在外面再套上她那件红色的外套。这时，他发现装帽子的柜子锁上了！只有一个办法，他去拿了一顶那可怜的姑娘玛丽自己的帽子。没有人会注意到的。他把沙袋放在她身边，然后就动身去制造他的不在场证明了。

"他给他太太打电话，自称利特尔沃思先生。我不知道他跟她说了些什么，但她是个轻信的姑娘，我前面说过。他让她提前离开牌局，但不要直接回到水疗院，而是约好七点钟和她在庭院里逃生通道的附近见面。他可能跟她说，他有个惊喜要给她。

"他和他的朋友们一起回到了水疗院，安排我和特罗洛普小姐与他一起发现现场。他甚至装作要把尸体翻过来，而我制止了他！然后在等待警察的时候，他蹒跚着走进了水疗院的庭院。

"没有人问他发现现场之后的不在场证明。他与妻子会合，带她从逃生通道走了上去，一起进了房间。也许他事先跟她编了一些故事解释房间里的尸体。她俯下身去看那具尸体，而他则拾起了沙袋猛击了下去……哦，上帝啊！直到现在，我想到这些仍觉得恶心！然后他飞快地把她的外套和裙子脱下来，挂在衣橱里，再从另一具尸体上脱下衣服给她穿上。

"但是帽子戴不上去。玛丽的头发紧贴头皮，而格拉迪斯·桑德斯，我前面说过，有一头齐肩的长卷发。他不得不把帽子放在尸体边上，希望不会有人注意到这一点。然后，他又把可怜的玛丽的尸体搬回了她的房间，并把一切弄整齐。"

"这真有点难以置信，"劳埃德大夫说道，"他这样做太冒险了。警察有可能很快就会赶到的。"

"还记得线路坏了吧，"马普尔小姐说道，"那是他计划的一部分。他不能让警察马上就赶到现场。警察来了以后，也没有马上上楼查看,而是先到经理办公室花了些时间了解了一下情况。这是最糟糕的一点。本来他们完全有机会发现死了两小时以上的尸体和刚刚死了半小时的尸体之间的差别的;不过他也就指望最先发现尸体的人并没有什么专业知识。"

劳埃德大夫点了点头。

"凶杀被认为是在差一刻七点左右发生的,"他说道,"但实际上是在七点或者七点过几分的时候发生的。法医查验尸体的时间最早也得是七点半。他不可能发现这一点点时间上的差别。"

"我本应发现这一点的。"马普尔小姐说道,"我摸那可怜的姑娘的脉搏时,她的手已经冰凉了。而后来警督却说凶案很可能是在我们发现现场前不久才发生的。我竟然没反应过来!"

"我认为您发现的东西已经够多的了,马普尔小姐,"亨利爵士说道,"这件案子是我就任之前的事了。我甚至都没听说过。后来怎样了?"

"桑德斯被处以绞刑。"马普尔小姐干脆利落地说道,"干得好。我从不后悔我出了一把力让那恶棍受到了应有的惩处。我对现代人们对于死刑的那些人道主义方面的顾虑毫无耐心。"

她绷紧的脸舒展开来。

"但我经常为未能挽救那姑娘的性命而深感内疚。但谁会听一个老太太毫无来由的预警呢?唉,唉……谁知道呢?也许对她来讲,在她还感到生活是那么幸福快乐的时候死去,比在一切都已幻灭、生活突然变得痛苦而可怕之后再艰难度日要更好。她爱那恶棍并且信任他。她自始至终都没有识破他的真面目。"

"好吧,那么,"珍妮·赫利尔说道,"她短暂的人生还算开心,还算幸福。我希望……"她停了下来。

马普尔小姐看着那位著名的、漂亮的、成功的珍妮·赫利尔，轻轻地点了点头。

"我明白，亲爱的，"她说这话的时候语气非常温柔，"我明白。"

第十一章 死亡草

"那么接下来，班太太。"亨利·克利瑟林爵士带着鼓励的语气说道。

班特里太太，他的女主人，用一种冷冷的、责备的目光看着他。

"我早就跟您说过，不要叫我班太太。那不够庄重。"

"那还是叫你山鲁佐德吧。"

"我更不是什么山……这是什么名字啊！我从来就没法把故事讲清楚，不信的话问阿瑟好了。"

"你善于陈述事实，多莉，"班特里上校说道，"但你不善于渲染气氛。"

"没错。"班特里太太说道。她翻看着放在面前桌子上的那些球茎类植物目录。"我一直都在听你们讲，但还是不知道你们是怎么做到的。她说道：'你想知道，他们认为，人人都暗示'……好吧，我就是做不到，就是这样！再说了，我也没什么故事可讲。"

"我们可不信，班特里太太。"劳埃德大夫说道。他微笑着摇了摇他那灰白色的脑袋，一脸揶揄。

马普尔老小姐用她那柔和的声音说道："当然了，亲爱的……"

班特里太太仍然固执地摇着头。

"你们不知道我的生活有多平淡。整天就是跟用人们打交道，费好大的力气去找一个洗碗工，去城里买衣服、看牙医、参加阿斯科特赛马会——阿瑟最恨这个，然后就是花园……"

"啊！"劳埃德大夫说道，"花园。我们都知道你最热衷的是什么，班特里太太。"

"有个花园一定很不错。"珍妮·赫利尔，那位漂亮的年轻女演员说道，"如果不用去挖土，搞得满手都是泥的话。我非常喜欢花。"

"花园，"亨利爵士说道，"能从这儿开始吗？来吧，班太太。有毒的球茎植物，致命的黄水仙，死亡之草。"

"你这么讲真奇怪。"班特里太太说道，"你倒是提醒了我。阿瑟，还记得发生在克洛德哈姆庄园的那件事吗？你知道的。老安布罗斯·伯西爵士。还记得当时我们认为他是一个多么有气派和风度的老先生吗？"

"哦，当然记得。是的，那件事是有些不可思议。讲吧，多莉。"

"最好还是你来讲，亲爱的。"

"胡说。讲吧。你得靠自己。刚刚我已经讲过了。"

班特里太太深深地吸了口气。她双手拧在一起，满脸苦不堪言。然后她用一种急促而流利的语调讲道："好吧，真的没什么可讲的。'死亡之草'，多么戏剧化的说法，在我心里，我管它叫鼠尾草和洋葱。"

"鼠尾草和洋葱？"劳埃德大夫问道。

班特里太太点了点头。

"事情就是因此而起的，"她解释道，"当时，我们，阿瑟和我，和安布罗斯·伯西爵士一起住在克洛德哈姆庄园，然后有一天，一些洋地黄的叶子和鼠尾草被混在一起误摘了回去——真是够笨的，我一直那么认为。那天晚餐吃的是鸭子，里面填满了这些香料，每个人都有不同程度的中毒症状，而一个可怜的姑娘，一个受安布罗斯爵士监护的人，不幸死了。"

她停了下来。

"天哪，天哪，"马普尔小姐说道，"真是场悲剧。"

"谁说不是呢！"

"那么，"亨利爵士说道，"后来呢？"

"没有什么后来，"班特里太太说道，"就这些。"

每个人都被噎得不轻。尽管警告在先，但他们无论如何也没想到这个故事居然会如此简洁。

"可是，亲爱的女士，"亨利爵士抗议道，"不可能就这么结束了。你牵扯进去的是一场悲剧性的事故，可不是一般意义上的麻烦。"

"好吧，当然还有一些别的情况，"班特里太太说道，"但是我要是告诉了你们，你们不是什么都知道了？"

她用挑战的眼光看着大家，不无抱怨地说道："我就说我不会添枝加叶，没法把事情叙述得有模有样。"

"啊哈！"亨利爵士说道。他从椅子里坐直了身子，扶了扶眼镜。"说真的，你知道吗，山鲁佐德？这倒是很新鲜。这倒是考验起我们思维的灵活性了。我还真不敢说你不是存心的，就是为了引起我们的好奇心。看来，我们要来几轮'二十个问题'的游戏了。马普尔小姐，您先开始怎么样？"

"我想知道一些有关那厨娘的情况，"马普尔小姐说道，"她肯定特别笨，要不就是非常没有经验。"

"她确实很笨，"班特里太太说道，"事后她哭个没完，说那些叶子被摘下来送给她，说是鼠尾草，她怎么知道有问题呢？"

"一个不会独立思考的人。"马普尔小姐说道，"大概年纪不小了，另外，我敢说，她是一个很好的厨娘。"

"啊！她非常出色。"班特里太太说道。

"轮到您了，赫利尔小姐。"亨利爵士说道。

"哦！您是说……提个问题吗？"珍妮停下来沉思了一会儿，最后她无可奈何地说道，"真的……我不知道该问些什么。"

她那漂亮的眼睛恳求似的看着亨利爵士。

"为什么不问问出场人物呢，赫利尔小姐？"他微笑着提议道。

珍妮依然看起来迷惑不解。

"按出场先后顺序的演员表。"亨利爵士温和地说道。

"哦，是的，"珍妮说道，"那是个好主意。"

班特里太太开始轻快地扳着手指逐个数出了相关人员。

"安布罗斯爵士……西尔维亚·基恩——那个死去的姑娘……她的一个朋友，当时住在那儿；莫德·韦，一个相貌丑陋的黑发姑娘，她想为自己争取点什么，我从来不知道像她那样的姑娘是怎么做的；然后还有柯尔先生，他是来跟安布罗斯爵士讨论书的……你们知道，珍本书……用拉丁文写的古老而神奇的书……都是些发霉的羊皮纸之类的；还有杰里·洛里默，一位近邻。他的庄园弗尔利斯与安布罗斯爵士的领地毗邻；然后是卡彭特太太，属于那种人到中年的老猫，无时无刻不在努力给自己寻找一个舒适的窝。我想，她就是西尔维亚的一条哈巴狗。"

"如果轮到我了的话，"亨利爵士说道，"我想轮到我了，因为我就坐在赫利尔小姐旁边，我想知道更多的细节。请简单描述一下他们，班特里太太，把前面提到的这些人都描述一下。"

"哦！"班特里太太犹豫了一下。

"先说安布罗斯爵士，"亨利爵士接着说道，"从他开始。他长什么样？"

"哦！他是一位相貌堂堂的老先生，其实也不是很老，顶多六十岁吧，我猜。但他很虚弱。他心脏有毛病，连楼都上不去，他不得不装了部电梯，这让他看起来比实际年龄要老。他的做派非常迷人，温文尔雅，用这个词形容他再贴切不过了。你永远不会见到他发脾气或者心烦意乱。他有一头漂亮的银发和一副有磁性的嗓子。"

"很好，"亨利爵士说道，"我已经看到了安布罗斯爵士。现在谈谈那个姑娘西尔维亚。你刚才说她的全名是什么？"

"西尔维亚·基恩。她很漂亮，真的非常漂亮。金色的头发，光滑的皮肤。可能不怎么聪明。实际上，相当笨。"

"哦！得了，多莉。"她的丈夫抗议道。

"当然啦，阿瑟不那么认为，"班特里太太冷冷地说道，"但她的确笨，基本上就会说些没意义的废话。"

"她是我见过的最优雅曼妙的人之一了。"班特里上校热情地说道，"瞧她打网球的样子……迷人，太迷人了。她全身上下充满了活力，真是个有趣的小家伙。和她在一起真是令人舒心。我打赌，小伙子们都是这么想的。"

"你错就错在这里。"班特里太太说道，"像她那样的女孩子，对现在的年轻小伙子们毫无吸引力。阿瑟，只有像你这样的老家伙才成天坐在那儿对年轻姑娘品头论足。"

"光是年轻也不行，"珍妮说道，"你还得SA。"

"什么是SA？"马普尔小姐问道。

"性感迷人（Sex appeal）。"珍妮说道。

"啊！没错，"马普尔小姐说道，"我们那会儿的说法是'吸引你的目光'。"

"描述得不错。"亨利爵士说道，"你之前提到的那位'哈巴狗'，我想，给人的感觉像一只猫。是吧，班特里太太？"

"你知道,我并不是说她真长得像只猫,"班特里太太说道,"还是很不一样的。她就是一个白白胖胖的、猫一样的女人,块头很大,总是一副亲切可爱的样子。那就是阿德莱德·卡彭特的样子。"

"她多大岁数?"

"哦,我觉得四十多岁吧。她在庄园待了有些时候了,我想,西尔维亚十一岁那年她就到那儿了。她是一个非常世故圆滑的人。一个处境尴尬的寡妇,有一堆贵族亲戚,但是自己并不富有。我不喜欢她,我从来不喜欢那些长着一双白皙修长的手的人。我也不喜欢猫。"

"柯尔先生呢?"

"哦,一个弯腰驼背、上了年纪的老头。这样的老头太多了,你根本分不清谁是谁。只有谈起他那些发霉的书时,他才难得显露出一点热情。我觉得安布罗斯爵士不怎么了解他。"

"隔壁庄园的杰里呢?"

"一个很讨人喜欢的小伙子,他与西尔维亚订了婚。正因为这样,西尔维亚的死才更令人心碎。"

"这么一来,我很想知道……"马普尔小姐欲言又止。

"什么?"

"没什么,亲爱的。"

亨利爵士好奇地看着这位老小姐。然后他若有所思地说道:"这么说来,这两个年轻人已经订婚了。他们订婚很久了吗?"

"一年左右吧。安布罗斯爵士反对这门婚事,理由是西尔维亚还太年轻。但两人订婚一年以后,他让步了,婚礼很快就将举行。"

"哈!那姑娘有财产吗?"

"基本等于没有,一年就一两百镑吧。"

"那个洞里没有老鼠,克利瑟林。"班特里上校说道,发出一阵笑声。

"轮到大夫提问了。"亨利爵士说道,"我退场。"

"我想问一个专业方面的问题。"劳埃德大夫说道,"我想知道的是,死因调查的医学结论是什么?如果我们的女主人还想得起来或者知道的话。"

"我大概知道,"班特里太太说道,"是洋地黄毒贰中毒。术语是这么说吧?"

劳埃德大夫点了点头。

"洋地黄的主要活性成分,洋地黄毒贰,作用于心脏。实际上,它对于某些种类的心脏病来说是非常奏效的药物。总之,这是一桩非常奇特的案子。我不相信食用烹饪时混入的少量洋地黄叶子会致人死亡。那些误食一些有毒的叶子或者浆果就能要人命的想法,实在是夸大其词。很少有人知道那些致命的毒素或者生物碱是需要经过精心处理和提炼才能得到的。"

"麦克阿瑟太太有一天送给图米太太一些特殊的球茎植物,"马普尔小姐说道,"图米太太家的厨师错把它们当成了洋葱,结果图米一家都中了毒,病得不轻。"

"但他们并没有因此而丧命。"劳埃德大夫说道。

"是的。的确没人丢了性命。"马普尔小姐承认道。

"我认识的一个姑娘就死于食物中毒。"珍妮·赫利尔说道。

"我们得继续调查这桩命案了。"亨利爵士说道。

"命案?"珍妮大吃一惊地说道,"我还以为是事故呢。"

"如果真是个事故的话,"亨利爵士轻声说道,"我想班特里太太就不会把它当作一个问题来考我们了。不,就我的理解,这件事只是表面看起来像是事故，背后隐藏着的却是更加凶险的东西。我想起一个案子。一场家庭宴会上的各色宾客餐后正在一起闲聊。墙上挂着各式各样的老式武器。完全只是要开个玩笑，一位客人抓起一支老式马枪指着另一位客人，装作要开枪。谁知道那把枪是上了膛的，并且走了火，那人当场被打死了。在这个案件中，我们需要查明的是：首先，是谁偷偷把那把枪收拾好并装上了子弹；其次，又是谁把谈话引向了最终的那场胡闹上去的——因为那个开枪的人纯属无心！

"在我看来，我们现在面对的是同样的问题。那些洋地黄的叶子是被人有意与鼠尾草混在一起的，做这件事的人很清楚这样做的结果。既然我们排除了厨娘，我们确实可以排除她了，是不是问题就来了：是谁摘的叶子并把它送到了厨房？"

"这很好回答，"班特里太太说道，"至少最后一点是很清楚的。是西尔维亚自己把那些叶子拿到厨房去的。西尔维亚日常工作的一部分就是到园子里去采一些莴苣、香草、鲜嫩的胡萝卜之类的东西，这些东西园丁们从来不知道该什么时候采摘。他们痛恨把那些鲜嫩的东西给你，他们会一直等到它们长成精美的标本。西尔维亚和卡彭特太太都习惯于自己去做这些事。在园子的一角，鼠尾草丛里的确混进去了一些洋地黄，所以摘错也是难免的。"

"但是是西尔维亚亲手采摘的吗？"

"那就不得而知了。只能这么假设。"

"假设……"亨利爵士说道，"是很危险的。"

"可是我确实知道卡彭特太太没有采摘那些叶子。"班特里太太说道，"因为，凑巧的是，那天早上她正和我一起在露台上散步。我们是早饭后出去的。那天天气特别好，对于早春时节来说相当暖和。西尔维亚独自走进了花园,但后来我看见她与莫德·韦手挽手在散步。"

"这么说来,她们是很好的朋友,对吗?"马普尔小姐问道。

"是的。"班特里太太说道。她似乎欲言又止。

"她在那儿住了很久了吗?"马普尔小姐问道。

"大概两个星期吧。"班特里太太说道。

她的语气里透着一丝烦恼。

"你不喜欢韦小姐,对吧?"亨利爵士问道。

"是的,没错。我不喜欢她。"

她语气里的烦恼变成了忧虑。

"你有所隐瞒,班特里太太。"亨利爵士指责道。

"刚才我就想问,"马普尔小姐说道,"但我不太想说。"

"你想问什么?"

"当你提到两个年轻人已经订婚的时候,你说因此她的死才令人如此心碎。但是,如果你明白我的意思的话,你在说这些话的时候,你的声音听起来不太对劲,不太让人信服。"

"你这个人太可怕了,"班特里太太说道,"你好像什么都知道。是的,我当时是在想另一件事。不过我不知道究竟该不该讲出来。"

"你必须讲出来,"亨利爵士说道,"不管有什么顾虑,你都不能隐瞒。"

"好吧,其实就是这么回事。"班特里太太说道,"一天傍晚,实际上就是悲剧发生的前一天晚上,我刚好在晚饭前来到了露台上。客厅的窗户是开着的。我无意中看见了杰里·洛里默和莫德·韦。他正在……吻她。当然了,我不知道他只是逢场作戏,还是……嗯,我是说,谁也说不清楚。我早就知道安布罗斯爵士从来就没有喜欢过杰里·洛里默,那么也许他是知道杰里是什么样的年轻人吧。但有一点我敢肯定:那个姑娘,莫德·韦,是真心喜欢他的。你只要看看她毫无戒备的时候看他的眼神就能知道。而且我也觉得,他们俩比他和西尔维亚更般配。"

"我要抢在马普尔小姐之前提个问题。"亨利爵士说道,"我想知道,悲剧发生后,杰里·洛里默娶了莫德·韦没有?"

"是的,"班特里太太说道,"他娶了她。就在悲剧发生的六个月之后。"

"哦!山鲁佐德,山鲁佐德,"亨利爵士说道,"想想你刚开始是怎样给我们讲的!简直就是一副骨架。看看现在我们从它身上发现了多少血肉。"

"别说得那么瘆人好不好,"班特里太太说道,"别用血肉这个词。素食主义者就爱用这个词。他们会说'我从不吃肉',说这话的语气让你立马对你的小牛排倒了胃口。柯尔先生就是个素食主义者。他通常吃一些像糠一样的东西当早餐。这些弯腰驼背、满脸胡子的老家伙往往还喜欢赶时髦,连内衣都别出心裁。"

"怎么回事,多莉,"她丈夫说道,"你连柯尔先生穿什么内衣都知道?"

"想到哪儿去了?"班特里太太严肃地说道,"我只是那么一猜。"

"我要修正一下我前面的话。"亨利爵士说道,"现在我得说,你这个故事里的每个人物都很有趣。我开始了解他们了……嗯,马普尔小姐,你觉得呢?"

"人的本性永远有趣,亨利爵士。有趣的是同一类型的人往往会做出同样的事来。"

"两个女人,一个男人,"亨利爵士说道,"古老而永恒的三角关系。这就是我们这个案件的根本所在,对吗?我觉得还是很有可能的。"

劳埃德大夫清了清嗓子。

"我一直在想,"他说话的语气相当不确定,"你说,班特里太太,你自己也有中毒的症状是吗?"

"我能例外吗?!阿瑟也是!每个人都是!"

"这就是问题的关键,每个人。"大夫说道,"你们明白我的意思吗?刚才亨利爵士给我们讲的故事里,一个人开枪打死了另一个人,但他没必要打死全屋人。"

"我没明白。"珍妮说道,"谁打死了谁?"

"我是说,不管谋划这件事的人是谁,他的做法都太离谱了,要么他就是打算盲目地碰运气,要么他就是对生命完全漠不关心。我真不敢相信会有人只是为了除掉其中的一个人而蓄意给八个人下毒。"

"我明白你的意思了。"亨利爵士若有所思地说道,"我承认我之前没有想到这一点。"

"难道他就不会毒死自己吗?"珍妮问道。

"那天晚上有人没吃晚饭吗?"马普尔小姐问道。

班特里太太摇了摇头。

"每个人都在。"

"我猜除了洛里默先生吧,亲爱的?他不是一直待在那里的,对不对?"

"是的,但那天晚上他和我们一起吃的晚饭。"班特里太太说道。

"哦!"马普尔小姐语气变了,"那就完全不同了。"

她恼火地皱着眉头自言自语。

"我真笨,"她小声说道,"真是笨死了。"

"我承认你的想法难住我了,劳埃德。"亨利爵士说道。

"怎样才能确保那个姑娘,而且只有那个姑娘,吃下致死的剂量呢?"

"不可能的。"大夫说道,"这让我产生了另一个想法。假如那姑娘根本不是凶手要杀的人呢?"

"什么?"

"在所有的食物中毒事件中,结果往往是很不确定的。几个人吃了同一道菜。结果会怎样?可能有一两个人只是轻微不适;另有两个,这么说吧,要难受得多;还有一个人则会死掉。就是这样,完全无法预计。但是还有些案例中,其他因素在其中起了作用。洋地黄毒甙是一种直接作用于心脏的药物。就像我告诉过你们的那样,只有特定的病例会使用这种药。好吧,那里正好有一个人有心脏方面的问题。假如他才是凶手的真正目标呢?对其他人并不致命的剂量对他来说却可能是致命的。凶手很可能会这么想。事件出人意料的结果正好证明了我的观点,药物对人体的作用具有不确定性和不可靠性。"

"安布罗斯爵士,"亨利爵士说道,"你认为他才是凶手的目标?嗯,嗯……那姑娘的死纯属阴差阳错。"

"他死后谁得到了他的钱?"珍妮问道。

"非常合乎逻辑的问题,赫利尔小姐。在我之前的职业生涯中,这是我们首先会问的问题。"亨利爵士说道。

"安布罗斯爵士有一个儿子,"班特里太太缓缓地说道,"许多年前他们就闹翻了。我想那孩子有些桀骜不驯。但是,安布罗斯爵士却无法剥夺他的继承权,因为克洛德哈姆庄园是世袭的祖业。马丁·伯西继承了封号和领地。但是,安布罗斯爵士还是有一些其他财产可以按照自己的意愿处置,他把这部分财产留给了他的受监护人西尔维亚。我知道这些,是因为安布罗斯爵士在中毒事件后不到一年就去世了,而且他在西尔维亚死后也没再费心思重立遗嘱。我想那些钱要么是充了公,要么就是留给了他最近的亲属,也就是他的儿子。我不太记得了。"

"这么说,除掉他可以获益的两个人:一个是他的儿子,当时远离现场;另一个是那个姑娘,她自己倒是死了。"亨利爵士若有所思地说道,"这个想法看来走不通。"

"另外那个女人就不会得到什么好处吗?"珍妮问道,"班特里太太称之为'猫咪'的那个女人。"

"遗嘱里根本没提到她。"班特里太太说道。

"马普尔小姐,您没在听,"亨利爵士说道,"您走神了。"

"我想起了老巴吉先生,那位药剂师,"马普尔小姐说道,"他有一个年轻的女管家,年轻得不但可以做他的女儿,连做他的外孙女都可以。他没跟任何人讲过,包括家里那一大堆满怀期望的侄子和侄女们。当他去世的时候,你能相信吗,他已经悄悄和她结婚两年之久。当然了,巴吉先生只是个药剂师,也只是个非常粗鄙的普通老头;而安布罗斯·伯西爵士则是位非常温文儒雅的人,班特里太太是这么说的,但不管怎么说,人性在哪儿都是一样的。"

沉默了片刻。亨利爵士非常严肃地盯着马普尔小姐,而马普尔小姐那双蓝色的眼睛则以温和而带点嘲弄意味的眼神回望着他。珍妮·赫利尔打破了沉默。

"那位卡彭特太太长得好看吗?"她问道。

"很文静的那种。没有引人注目的地方。"

"她有一副富有同情心的嗓音。"班特里上校说道。

"猫喘一样的动静,我是那样形容的,"班特里太太说道,"跟猫打呼噜的动静一样。"

"当年你自己也被称作过猫咪的,多莉。"

"我喜欢在自己家里被当作猫咪。"班特里太太说道,"你知道,我是不太喜欢女人的。我喜欢男人和花。"

"很有品味,"亨利爵士说道,"特别是把男人放在了前面。"

"那是客套话。"班特里太太说道,"好啦,现在,我那小小的问题怎么样了?我觉得我相当公平了。阿瑟,你觉得呢?"

"是的,亲爱的。但我想骑师俱乐部的管理人员是不能谈赛事的。"

"第一个小伙子。"班特里太太用一根手指指着亨利爵士说道。

"我可能会长篇大论。因为,要知道,我对这个案子真的没什么有把握的想法。首先是安布罗斯爵士。好吧,他不可能采用这么别出心裁的方式自杀;另一方面讲,他也不会从他受监护人的死中得到什么好处,所以安布罗斯爵士排除了。柯尔先生没有害死那姑娘的动机。如果安布罗斯爵士是谋杀目标的话,柯尔先生有可能偷了一两部不可能是其他人遗失的珍贵的手稿。这很牵强,不太可能。因此,我认为除了班特里太太对他内衣的怀疑外,柯尔先生应该是清白的。韦小姐没有谋害安布罗斯爵士的动机,谋害西维亚的动机却很强烈。她想夺走西尔维亚的男人,根据班特里太太的说法,她非常想要得到他。那天早上她和西尔维亚一起在花园里,因此她有机会摘下那些叶子。不,我们不能轻易排除韦小姐。年轻的洛里默,他在两个方面都有动机。如果他摆脱了他的宝贝未婚妻,就能与另一个姑娘结婚了。不过为此就杀了她还是有点夸张了,如今解除婚约算是多大的事呢?如果安布罗斯爵士死了,他娶到的就是一位有钱的姑娘,而不是原来那个穷姑娘。这一点对他来说可能重要,也可能不重要。这取决于他的经济状况。如果我发现他的庄园已经抵押了出去,而班特里太太故意向我们隐瞒了这一点的话,那我就要喊犯规了。现在再来看看卡彭特太太。要知道,我有点怀疑她。那双白白净净的手是一方面,重要的是采摘那些叶子时,她有完美的不在场证明,但我向来不相信那些所谓的不在场证明。我还有另一个原因怀疑她,但现在还不想说。总得来说,如果非要我说的话,我认为莫德·韦小姐最值得怀疑,因为对她不利的证据比别人更多。"

"下一个小伙子。"班特里太太指着劳埃德大夫说道。

"我认为你错了,克利瑟林,你坚持认为那姑娘的死是有预谋的。我确信凶手真正想要除掉的是安布罗斯爵士。我认为年轻的洛里默不具备必要的知识。我倾向于认为卡彭特太太有罪。她在这个家里待了很长时间了,她对安布罗斯爵士的健康状况了如指掌,她很容易安排西尔维亚——照你的说法,相当笨——去采摘她需要的叶子。至于动机嘛,我承认,我没找到;不过要我大胆一猜的话,安布罗斯爵士肯定曾经立过一份遗嘱,其中有她的份。我能想到的就是这个了。"

班特里太太的手指指向了珍妮·赫利尔。

"我不知道该说什么。"珍妮说道,"只有一点:为什么不能是那个姑娘自己干的呢?毕竟是她把叶子送到厨房去的。你也说过,安布罗斯爵士坚决反对她的婚事。如果他死了,她就会得到他的钱,并可以马上结婚。对于安布罗斯爵士的身体状况,她和卡彭特太太了解得一样清楚。"

班特里太太的手指慢慢地指向了马普尔小姐。

"现在轮到你了,女教师。"她说道。

"亨利爵士已经把一切都讲得很清楚了,确实相当清楚了。"

马普尔小姐说道,"劳埃德大夫说得非常对。他们俩已经把问题分析得很清楚了。不过我觉得劳埃德大夫的理论中,有一点他没意识到。要知道,除了安布罗斯爵士的私人医生,别人不会知道安布罗斯爵士的心脏病属于哪一种,对不对?"

"我不太明白您的意思,马普尔小姐。"劳埃德大夫说道。

"那是你假定的,不是吗?安布罗斯爵士患的是那种洋地黄毒甙会产生不良反应的心脏病吧?但是并没有证据可以证明这一点。也有可能是另一种情况。"

"另一种情况?"

"是的,你说过洋地黄毒甙经常被用来治疗某些种类的心脏病。"

"就算是这样,马普尔小姐,我也看不出这能说明什么问题?"

"哦,那意味着他可以很自然地持有这种药,而无需作什么特别的解释。我想说的是——我总是说不清楚:如果你想用致死量的洋地黄毒甙置某人于死地。给每个人都下点毒,用洋地黄叶子来完成,难道不是最简单、最容易的方式吗?当然了,这点剂量对每个人来讲都不足以致命,但是如果有人死了,大家也不会觉得奇怪,因为,就像劳埃德大夫说的那样,这种事情谁也说不准。没有人会问那姑娘究竟是通过注射还是别的什么途径摄入了致死量的洋地黄毒甙的。他可能把它放进了一杯鸡尾酒里、她的咖啡里,甚至只是简单地把它当作一剂补药哄她喝了下去。"

"您是说安布罗斯爵士毒死了他的受监护人,那位他宠爱着的迷人姑娘吗?"

"正是,"马普尔小姐说道,"就跟巴吉尔先生和他那年轻的女管家的故事一样。别跟我说一个六十多岁的男人爱上一个二十多岁的姑娘荒唐可笑。这种事每天都在发生，而且我敢说，对于安布罗斯爵士这样一个年老专横的人而言，那会让他变得很反常，甚至很疯狂。他无法忍受她要结婚这一想法，他竭尽全力反对，但没有成功。他的嫉妒变得如此疯狂，以至于他宁可杀掉她，也不愿意让她投入年轻的洛里默的怀抱。他肯定事先谋划了很久，因为他得先把洋地黄的种子混在鼠尾草里面种下去。当时机到来的时候，他亲自把叶子摘下来，再让她送到厨房去。想起来真是可怕，但我想我们应当尽可能怜悯地看待这一切。他那个年纪的老先生，一牵扯到年轻姑娘就会变得有些古怪。我们上一位风琴师——算了，我还是别谈论那些丑闻了。"

"班特里太太，"亨利爵士说道，"是那样的吗？"

班特里太太点了点头。

"是的。我完全没有想到，做梦都没想到，除了事故以外还能是什么。后来，安布罗斯爵士死后，我收到了一封信。他留下了指令，让人把信直接送给我。在信里他把真相告诉了我。我不知道他为什么选中我，不过他和我一直相处得很不错。"

她似乎在那瞬间的寂静中感受到了一种无言的批评，匆忙接着说道："你们以为我辜负了别人的信任，但并不是那样的。我把所有的名字都改过了。他的真名不是安布罗斯·伯西爵士。你们没看到我提起这名字时，阿瑟瞪着我的那副傻样吗？他一开始也没明白过来。我把所有细节都改了。就像杂志和书的开篇写的那样：'故事中的所有人物纯属虚构。'你们永远也不会知道他们是谁。"

第十二章　小木屋事件

"我想起了一些事。"珍妮·赫利尔说道。

她那漂亮的脸蛋上浮现出自信的微笑,就像一个孩子在渴望得到别人的肯定。正是这种微笑,每晚都打动无数的伦敦观众,也给摄影师们带来了滚滚财源。

"事情发生在,"她小心翼翼地接着说道,"我的一个朋友身上。"

大家都嚷着鼓励她说下去,但语气里都透着一丝虚伪。班特里上校、班特里太太、亨利·克利瑟林爵士、劳埃德大夫和老马普尔小姐都确信,珍妮所谓的"朋友"其实就是她自己。她不太可能会关心发生在别人身上的事,更不用说记住了。

"我的朋友,"珍妮接着说道,"我不想提她的名字,是个女演员,一个非常知名的女演员。"

没人流露出惊讶之情。亨利·克利瑟林爵士暗自思量道:真想看看要几句话之后她会忘了编下去,把"她"终于说成"我"?

"我的朋友去外省巡回演出……那是一两年前的事了。我想我最好不要把那个地方的名字说出来。那是一个离伦敦不远的河滨小镇。我把它叫做……"

她停了下来,皱起了眉头冥思苦想。看来即便只是取个简单的名字也太难为她了。亨利爵士出来救场了。

"我们叫它'瑞沃贝里'怎么样?"他认真地建议道。

"啊,好的,太好了。'瑞沃贝里',我得记住这个名字。嗯,就像我说的那样,这位……我的朋友……和她的陪同人员一起到了瑞沃贝里。一件非常不可思议的事发生了。"

她又皱起了眉头。

"这太难了,"她抱怨道,"要达到你们的要求实在是太难了。各种事搅和在一起,我可能会把不该放在前面讲的先讲了。"

"你讲得很好,"劳埃德大夫鼓励道,"接着说。"

"嗯,发生了一件怪事。我的朋友接到了警察局的传唤,于是她就去了。好像是河边的一座小木屋里刚刚发生了一起盗窃案,警察抓住了一个年轻小伙子,他向警察讲了一个非常古怪的故事。于是,警察传唤了她。

"她以前从未进过警察局,但他们对她很友好……真是非常好。"

"他们会的,我敢肯定。"亨利爵士说道。

"那位警佐……我想他是位警佐……也可能是位警督,拉了把椅子请她坐下,并向她说明了情况。当然,我马上就发现那是一场误会……"

啊哈,亨利爵士想道,"我"。终于来了。我想她也就坚持到这儿了。

"我朋友是那么说的。"珍妮接着说道,全然没有意识到她已经自我暴露了,"她跟他们解释说,她一直和她的替补演员一起在旅馆中排练,而她连听都没听说过福克纳先生这个人。然后那位警佐说道:'赫……'"

她停了下来,满脸通红。

"赫尔曼小姐。"亨利爵士冲她眨了眨眼提议道。

"是的……是的,就这个名字吧。谢谢。那位警佐说道:'好吧,赫尔曼小姐,既然您一直待在布里吉旅馆,我想肯定是有什么地方出问题了。'他问我是否反对与那个年轻人对质……还是该怎么说？我不记得了。"

"怎么说不要紧。"亨利爵士安慰道。

"不管该怎么说吧，就是与那个年轻人碰面。于是我说道：'当然没问题。'然后他们就把那个年轻人带了过来，向他介绍道，'这是赫利尔小姐。'然后……哦！"珍妮张口结舌地停了下来。

"没关系的，亲爱的，"马普尔小姐安慰道，"我们本来也肯定会那么猜的，你知道。再说你又没有把真正的地名和其他敏感信息告诉我们。"

"好吧，"珍妮说道，"我本来打算把它当作是发生在别人身上的事来讲。但那太难了，不是吗？我是说，讲着讲着就会忘了。"

大家都安慰她说那的确很难，得到一番安慰重新放松下来之后，她继续讲述起那个与她有些微妙联系的故事来。

"他是个漂亮的男人，相当漂亮，年轻，有一头泛红的头发。看到我的时候，他张大了嘴。那位警佐说道：'是这位女士吗？'他说道：'不，不是的。我真是头蠢驴。'我对他微微一笑说没关系的。"

"我能想象出那个场景。"亨利爵士说道。

珍妮·赫利尔又皱起了眉头。

"让我想想……接下去该从哪儿开始讲比较好呢？"

"我想你该告诉我们整件事是怎么回事，亲爱的。"马普尔小姐说道，语气是那样温和，没人能听出其中的讽刺意味，"我是说，那个年轻人误会什么了？还有那桩盗窃案又是怎么回事？"

"哦，对了，"珍妮说道，"嗯，那个年轻人名叫莱斯利·福克纳，他写了一出戏。实际上，他曾写过好多个剧本，但是都没被采用。他曾把这个剧本送给我过目。但我根本不知道这回事，因为送来给我看的剧本有成百上千个，基本上我都没自己看过，只有一些大概了解的梗概。不管怎样，情况就是那样，然后似乎那位福克纳先生收到了我的一封信，不过后来查出不是我写的，你们明白的……"

她不安地停了下来。大家让她放心，他们明白是怎么回事。

"信上说我已经读过了那个剧本，而且很喜欢，不知他是否方便登门和我一起讨论一下。信中还给了会面的地址——瑞沃贝里，'小木屋'。于是福克纳先生受宠若惊，如期来到了那个地方，'小木屋'。一位客厅女仆开了门，他说要见赫利尔小姐，女仆说赫利尔小姐在家而且正在等他，于是她把他领进了客厅，客厅里一个女人接待了他。于是他理所当然地把她当成了我。那真是有些奇怪，毕竟他是看过我的演出的，况且我的照片到处都是，不是吗？"

"全英国都知道。"班特里太太立刻说道，"但照片和本人经常是有差别的，亲爱的珍妮。在舞台灯光照射下和在台下也是有很大差别的。记住，不是每个女演员都像你一样经得起台上台下的检验的。"

"好吧，"珍妮语气里的不快稍稍平息了些，"可能是那样吧。不管怎样，他说那个女人个子高高的，有一双大大的蓝眼睛，非常漂亮，所以我想可能也真的是很像我吧。他当然没有丝毫怀疑。她坐下来开始谈他的剧本，并说她特别想尽快上演。谈话间，鸡尾酒端了上来，福克纳当然也喝了一杯。好吧……他记得的就是这些了……喝了那杯鸡尾酒。当他醒过来，或者说恢复知觉……随你们怎么说吧，他已经躺在外面的路上了，就在路边的树篱那儿，当然，那样他就不至于有被车碾压的危险了。他感到昏昏沉沉、站立不稳，甚至于当他爬起来、摇摇晃晃地沿着路走的时候，都不知道自己身在何处。他说，如果当时他脑子够清醒的话，本打算走回'小木屋'去看看到底发生了什么事。但当时他脑子完全是麻木混沌的，只知道往前走，不知道自己要干什么。当他多多少少恢复了些神志的时候，警察逮捕了他。"

"警察为什么抓他呢？"劳埃德大夫问道。

"哦！我没告诉你们吗？"珍妮睁大了眼睛，"我真笨。因为盗窃。"

"你是说过有一起盗窃案……但你没说是在哪儿、偷了什么，以及为什么偷。"班特里太太说道。

"好吧，那座小木屋，当然是他去的那座，根本不是我的。它的主人名叫……"

珍妮又双眉紧蹙了起来。

"需要我再当一次教父吗？"亨利爵士问道，"免费提供假名服务。描述一下那位房主，我给他取个名字。"

"买下它的是一个有钱的城里人，一位爵士。"

"'赫尔曼·科恩爵士'怎么样？"亨利爵士说道。

"太棒了。他为一位女士买下了这座房子……这位女士的丈夫是位演员，而她本人也是位演员。"

"我们把那位男演员称作'克劳德·利森'，"亨利爵士说道，"我想那位女演员的艺名应该更为人所知，那我们称她'玛丽·克尔'吧。"

"我觉得您简直是太聪明了。"珍妮说道，"我不知道您是怎么轻而易举就想出这些的。好吧，那是赫尔曼爵士，您是叫他赫尔曼对吧？还有那位女士的周末度假别墅。另外，当然了，他妻子并不知情。"

"那是常有的事。"亨利爵士说道。

"他送给了那位女演员许多珠宝,其中有一些精美的绿宝石。"

"哈!"劳埃德大夫说道,"我们说到正题了。"

"那些珠宝就放在那座小木屋里,锁在一个首饰盒中。警察说那太大意了,任何人都可以轻而易举地把它拿走。"

"你看看,多莉,"班特里上校说道,"我都是怎么跟你说的来着?"

"哼,就我的经验而言,"班特里太太说道,"越是小心的那些人才越是会丢东西。我的首饰就没锁在首饰盒里……我把它放在装袜子的抽屉里,藏在长筒袜下面。我敢说如果这个……她叫什么来着?……玛丽·克尔跟我一样干,那些珠宝永远不会被偷走。"

"还是会丢的。"珍妮说道,"所有的抽屉都被拉出来了,里面的东西撒了一地。"

"那他们就不是真冲着珠宝来的,"班特里太太说道,"他们是来找秘密文件的。书里往往都那么写。"

"我不知道有什么秘密文件,"珍妮满怀疑惑地说道,"从没听说过。"

"别听她瞎说,赫利尔小姐,"班特里上校说道,"别被多莉那些胡思乱想带跑偏了。"

"还是说盗窃的事吧。"亨利爵士说道。

"好的。嗯,警察接到电话报警,打电话的人自称是玛丽·克尔小姐。她说她那座小木屋被盗了,并详细描述了一个红发的年轻人,那天早上他去过那里。她的女仆觉得他有些奇怪,没让他进屋,但后来她们看见他从一扇窗户爬了出去。她对那个年轻人的描述非常精确，因此警察只用了一个小时就抓到了他；而他则把他的遭遇告诉了警察，并向他们出示了那封我写的信。后来的事我已经跟你们讲了，警察找来了我，那个小伙子见到我以后说的那些我也已经跟你们讲过了。那根本就不是我！"

"一个很不寻常的故事。"劳埃德大夫说道，"福克纳先生认识这位克尔小姐吗？"

"不，他不认识……至少他声称他不认识。我还没告诉你们最离奇的部分呢。警察当然去了那座小木屋，他们发现一切都跟报案人描述的一样——抽屉都被拉了出来，珠宝不见了，但那里一个人都没有。

"直到几个小时以后，玛丽·克尔才回来。但她说她根本没给警察打过电话，她还是此刻才刚刚得知此事的。好像那天早上她收到了一个剧院经纪人的电报，要给她一个重要的角色，约她见面，于是她自然就匆忙赶到城里去赴约了。等她到了那儿，才发现整件事就是一出恶作剧。对方根本没给她发过电报。"

"司空见惯的调虎离山计。"亨利爵士评论道，"家里的仆人呢？"

"也是同样的情况。那儿只有一个女仆，她接到一个电话，说是玛丽·克尔打来的，说她落下了一件重要的东西。她指示那个女仆到她卧室里的某个抽屉里找到了某只手袋。让她务必要赶头班车。那个女仆照办了；当然，她临走时锁好了门；但是当她赶到了克尔小姐的俱乐部，在那儿等着与女主人见面时，才发现空等了一场。"

"嗯，"亨利爵士说道，"我开始有些明白了。房子里的人都被支走了，留下一座空房子，这样从某扇窗户翻进去就不是什么难事了。但我还是不明白，福克纳先生又是怎么进到那座房子里去的呢？如果不是玛丽·克尔给警察打的电话，那又是谁呢？"

"没人知道，也一直没查出来。"

"奇怪，"亨利爵士说道，"那个年轻人被证明是他说的那个人了吗？"

"哦，是的，他说的全都属实。他确实收到了一封据称是我写的信。信里的笔迹和我的一点儿也不像，不过当然了，他也不可能会知道我的笔迹长什么样。"

"好吧，让我们理清一下事实。"亨利爵士说道，"我如果有说得不对的地方，请加以纠正。那位女士和女仆被人诱骗出了那座房子。那位年轻人被一封伪造的信诱骗到了那儿，最后这一点基于那个星期你的确在瑞沃贝里演出的事实。那个年轻人被人下了药，警察接到了电话，把他当成了嫌疑犯。确实发生了盗窃案。我猜那些珠宝确实是被偷了，对吧？"

"哦，是的。"

"后来找到了没有？"

"没有，一直没有找到。实际上，赫尔曼爵士竭尽全力想把此事掩盖过去。但他没能办到，我猜他的太太后来要跟他离婚。不过，我并不很清楚是不是那样。"

"莱斯利·福克纳先生后来怎样了？"

"他最终被释放了。警察说他们没有足够的证据指控他。你们不觉得这整件事相当蹊跷吗？"

"明显很蹊跷。首要的问题是谁的话可信？赫利尔小姐，在您的叙述中，我注意到您倾向于相信莱斯利·福克纳。您这么做，除了您的直觉以外还有什么其他理由吗？"

"不……没有，"珍妮很不情愿地说道，"我想我没有相信他的理由。只是他人看上去很不错，对把别人错当成了我深表歉意,我觉得他说的肯定是实话。"

"明白了。"亨利爵士微笑着说道,"但你得承认,他可以轻而易举地编造出这个故事;他可以亲自伪造那封声称是寄自您的信;他也可以在盗窃得手后再给自己适当下点药。不过我承认,我不明白他这么做目的何在。他大可不必多此一举,只要大摇大摆地进到房子里,随意拿走他想要的东西,然后悄无声息地消失就好了……除非,只有一种可能性,他被周围的邻居发现了,而他也知道这一点。于是他匆匆想出这个办法,既解释了他出现在那附近的事实,又转移了他的嫌疑。"

"他富裕吗?"马普尔小姐问道。

"我不那么认为,"珍妮说道,"恰恰相反,我相信他过得很拮据。"

"整件事看起来都相当不可思议。"劳埃德大夫说道,"我得承认,如果我们认为那个年轻人的话是真的,案子就变得更复杂了。为什么那个假装是赫利尔小姐的女人要把这个素不相识的年轻人拖进去呢?她为什么要导演这么一出精心策划的喜剧呢?"

"告诉我,珍妮,"班特里太太说道,"那位年轻的福克纳先生在整个过程中和玛丽·克尔会面过吗?"

"我不太清楚。"珍妮缓缓说道,她困惑地缩紧了眉头,努力回忆。

"如果他没有与她对质的话,这案子就了结了!"班特里太太说道,"我肯定我的想法是对的。没有比装作被召进城去更容易的了。你从帕丁顿或者随便哪个车站给你的仆人打电话,她进城的时候,你再返回来。那个年轻人应邀而来,接着被下了药,你只需要伪造窃案现场,弄得过火些。你再打电话报警,详细地描述一番你的替罪羊,然后离开那里再回城里去。然后你乘晚一班的车再回来，装作十分震惊、什么都不知道的样子就行了。"

"可她为什么要偷自己的珠宝呢，多莉？"

"她们总爱那么干，"班特里太太说道，"我可以说出上百种理由来。也许她急着用钱，而老赫尔曼爵士不肯给她现钱，于是她就假装珠宝被盗，然后悄悄地把它们卖掉；也许她被人敲诈了，有人威胁要把她和赫尔曼爵士的事告诉她丈夫或他太太；也许她早就把珠宝卖掉了，而赫尔曼爵士心血来潮，想看看那些珠宝，于是她只好想办法掩饰。书上这种事情太多了。也许她想重新镶嵌那些宝石，取回来的时候却被换成了复制品。也许……还有一个好想法……书上还不太有这么写的……她假装珠宝被盗，然后装出黯然神伤的样子，他就会给她再买一套。这样一来，她就有了两套珠宝，而不是一套。那种女人，我敢肯定，都太精明了。"

"你真聪明，多莉，"珍妮羡慕不已地说道，"我从来没想到这些。"

"你是挺聪明的，但她没说你是对的。"班特里上校说道，"我倾向于怀疑那个城里的绅士。他知道用哪种电报可以把那位女士骗走，而在一位新女朋友的帮助下，他可以轻而易举地把剩下的事都安排好。似乎没有人想到去问他有没有不在场证明。"

"您怎么想，马普尔小姐？"珍妮问道，转向那位一直静静地坐在那儿，双眉紧锁、满脸困惑的老小姐。

"亲爱的，我真不知道该说些什么。亨利爵士会取笑我的，但我这次想不起村里与此类似的事来帮助我了。当然，的确有几个问题值得注意。比如，仆人的问题。在……呃……在一个像您描述的那种不正当的家庭中，被雇用的仆人无疑会知道家里所有的情况，而一位真正的好女孩是不会在那种地方工作的，她母亲根本不会让她在那儿工作。因此，我想我们可以猜测那个女仆并不可信。她可能和盗贼是一伙的。她有可能为盗贼开门，真的去了伦敦，装做要去完成那个假电话的吩咐，以转移别人对她的怀疑。只不过对于普通的盗贼而言，这还是太离奇了点。一个客厅女仆不太可能有这样的谋略。"

马普尔小姐停了一下，然后梦呓般地说道："我不禁觉得……我得把它称作是我对这整件事的个人感觉。假设有某个人心存不满，比如？一位他没有善待的年轻女演员？你们不觉得这么解释更合理吗？蓄意给他制造点麻烦。这件事就让我有这种感觉。不过……那也不能完全令人信服……"

"咦？大夫，您还什么都没说呢，"珍妮说道，"我都把您给忘了。"

"我总是容易被人遗忘，"头发花白的大夫伤感地说道，"我就是那么不引人注目。"

"哦！才不是呢，"珍妮说道，"告诉我们您的看法。"

"我基本可以说是同意大家的看法，但都不完全同意。我有个相当牵强甚至有可能是完全错误的想法，我觉得他太太与此事有关，我是指赫尔曼爵士的太太。我毫无依据……但你们要是知道一位受了委屈的太太能做出多么不可思议——真是相当不可思议的事来，你们会大吃一惊的。"

"啊！劳埃德大夫，"马普尔小姐激动地叫了出来，"您真是太聪明了。我怎么把可怜的佩马什太太的事给忘了。"

珍妮瞪大了眼睛看着她。

"佩马什太太？谁是佩马什太太？"

"嗯……"马普尔小姐犹豫了一下，"我不知道她的事有没有用。她是个洗衣女工。她偷了别在一件衬衫上的蛋白石别针，把它放在了另一个女人的房子里。"

珍妮看起来更迷惘了。

"这让您把一切都搞清楚了是吗,马普尔小姐?"亨利爵士眨着眼说道。

但是让他感到诧异的是,马普尔小姐摇了摇头。

"不,恐怕没有。我承认我没主意了。我的观念是女人们一定要拧成一股绳,在遇到紧急情况的时候,女人应该站在自己的姐妹们这一边。我想珍妮小姐给我们讲的这个故事的寓意就在于此。"

"我得承认我还真没想到这个谜案背后还有这么深刻的道德意义,"亨利爵士一本正经地说道,"也许只有当赫利尔小姐揭开谜底后,我才能更好地理解您所说的意义。"

"嗯?"珍妮看起来相当困惑。

"我注意到,用孩子们的话来说就是,我们'投降了'。您,就是您,赫利尔小姐,成功地给我们出了一道绝对难解的谜题,就连马普尔小姐都认输了。"

"你们都认输了?"珍妮说道。

"是的。"亨利爵士等了一分钟,发现没人开口之后,又充当起了发言人,"就是说,我们目前有的就是那些结论了。几位男士各有一个结论,马普尔小姐有两个,班太太约有一打。"

"不是一打,"班特里太太说道,"它们是一个主题的几种不同形式。另外,我跟你讲过多少次了,不要叫我班太太。"

"这么说你们都放弃了,"珍妮若有所思地说道,"这倒很有意思。"

她靠回到椅背上,开始心不在焉地打磨起自己的指甲。

"好啦,"班特里太太说道,"说吧,珍妮。真相是怎样的?"

"真相?"

"是的。到底是怎么回事?"

珍妮瞪大了眼睛看着她。

"我根本不知道啊。"

"什么?"

"我一直都想知道到底是怎么回事。我原来还想你们都那么聪明,肯定有人能告诉我呢。"

每个人都拼命掩饰着自己的恼火。珍妮长得很漂亮,这固然很好;但此刻大家都觉得蠢到这种程度也太离谱了一点,就算是可爱到了极点也不能原谅。

"你是说真相始终没有查明?"亨利爵士说道。

"没有。这就是为什么……像我说的那样……我以为你们能告诉我呢。"

珍妮听起来颇受伤害。很明显,她觉得很委屈。

"好吧……我……我……"班特里上校还是强忍着把话咽了下去。

"珍妮,你这姑娘真让人恼火。"他太太说道,"不过不管怎样,我现在肯定、将来照样可以肯定我是对的。如果你把那些人的真名告诉我们的话,我就能更确定了。"

"我觉得我不能那么做。"珍妮慢吞吞地说道。

"不,亲爱的,"马普尔小姐说道,"赫利尔小姐不能那么做。"

"她当然可以,"班特里太太说道,"别管什么品格高尚了,珍妮。我们这些老家伙需要来点丑闻八卦。至少告诉我们那位城里的阔佬是谁。"

但珍妮依然摇着头,马普尔小姐则继续以她那过时的老脑筋支持她。

"那一定是件让人十分苦恼的事。"她说道。

"不,"珍妮真诚地说道,"我觉得……我觉得还挺好玩的。"

"好吧,也许你会有这种感觉,"马普尔小姐说道,"我想那也算是单调日子里的一个小插曲吧。当时你在排演什么戏?"

"《史密斯》。"

"哦,知道了。那是萨默赛特·毛姆的作品之一,对吧?我觉得他的所有作品都充满了睿智。我几乎读过他的全部作品。"

"明年秋天,你还将继续你的巡回演出,对吗?"班特里太太说道。

珍妮点了点头。

"好啦,"马普尔小姐说着站了起来,"我得回家了。已经这么晚了!但我们今晚过得很开心。也很不寻常。我想今晚获奖的应该是赫利尔小姐的故事。诸位同意吧?"

"很抱歉让你们生气了,"珍妮说道,"我是指我不知道结果。我想我应该事先说一声的。"

她的语气听起来有点不舍。劳埃德大夫殷勤地及时站起来解围。

"亲爱的小姐,您为什么要这么说呢?您给我们出了一道非常精彩的谜题来开发我们的智慧。很遗憾我们没人能给出可信的解答。"

"那只代表你自己,"班特里太太说道,"我可是解决了的。我确信我是对的。"

"知道吗,我的确相信你可能猜对了,"珍妮说道,"你说的那些听起来最有可能。"

"您指的是她的七个推测中的哪一个?"亨利爵士调侃道。

劳埃德大夫殷勤地帮马普尔小姐穿上她的长筒套靴。"只是防备万一。"老小姐解释道。大夫要护送她回到她的老房子去。裹好了好几层羊毛披肩后,马普尔小姐向每个人再次道了晚安。最后她来到珍妮·赫利尔跟前,向她俯过身去,在那位女演员的耳边耳语了几句。珍妮惊呼一声"啊!",声音太大,以至于大家都扭头看她。

微笑着向各位点了点头,马普尔小姐离开了,留下了目瞪口呆的珍妮·赫利尔。

"准备睡了吧,珍妮?"班特里太太问道,"你怎么了?像见了鬼似的。"

长叹了一声之后,珍妮恢复了常态,在向在座的两位男士投以美丽而令人不解的微微一笑之后,随女主人上了楼。班特里太太和她一起走进了她的房间。

"壁炉里的火快熄了。"班特里太太说着,用力地拨了一下火,但没起什么作用。"他们永远生不好火。这些用人真笨。不过,我想我们今晚是结束得晚了些。天啊,已经过了凌晨一点了!"

"你觉得有许多像她那样的人吗?"珍妮·赫利尔问道。

她坐在床沿上,很明显还在沉思。

"像那个女仆吗?"

"不是的。像那个有趣的老太太……叫什么来着……马普尔?"

"哦,我也不知道。我想她就是一个很普通的乡村老太太吧。"

"哦,天啊,"珍·妮小姐说道,"我不知该怎么办才好。"

她长长地叹了口气。

"怎么了？"

"我很担心。"

"担心什么？"

"多莉，"珍妮·赫利尔语气凝重地说道，"你知道那个奇怪的老太太出门之前跟我悄悄说了什么吗？"

"不知道。什么呢？"

"她说：'亲爱的，如果我是你的话，我是不会那么做的。永远别把自己交到另一个女人的手上，即便当时你确信她是你的朋友。'知道吗，多莉，她说得太对了。"

"那句格言吗？是的，也许吧。但我还是不明白她想说什么。"

"我想，你永远不能完全信任一个女人。我会落入她的控制之中的。我从没想到过这一点。"

"你说的是哪个女人呀？"

"内特·格林，我的替补。"

"关于你的替补，马普尔小姐到底知道些什么啊？"

"我想她是猜到的……但我不明白她是怎么猜到的。"

"珍妮，拜托你马上告诉我你在说些什么好吗？"

"那个故事。我今晚讲的那个故事。哦，多莉，那个女人，你知道的……那个把克劳德从我身边夺走的女人，还记得吗？"

班特里太太点了点头，迅速记起了珍妮的第一段不幸的婚姻。当时她嫁给了克劳德·艾夫伯里，一个演员。

"他娶了她；我提醒过他会有什么结果。克劳德还蒙在鼓里，她继续和约瑟夫·索尔曼爵士……在我告诉你们的那座小木屋共度周末。我想让她曝光……我想让每个人都知道她是一个什么样的女人。你瞧，一桩盗窃案就能让这一切都暴露出来。"

"珍妮!"班特里太太惊得屏住了呼吸,"你给我们讲的那个故事是你设计出来的?"

珍妮点了点头。

"那就是我选择排演《史密斯》一剧的原因。你知道的,剧中我穿着客厅女仆的制服。简直是现成的。当我被传唤到警察局时,说我和我的替补在旅馆排戏就再自然不过了。当然,实际上,我们在那座小木屋里。我只要去开门、端来鸡尾酒就行,而内特则假扮是我。当然,他以后再也不会见到她了,因此不用担心他会认出她来。而我装扮成客厅女仆以后,会让自己变得完全不一样;再说,没有人会多看一个客厅女仆一眼的,尽管她们也是人。事后,我们打算把他拖到外面的马路上,把珠宝卷走,给警察打电话,然后再回到旅馆。我不想让那可怜的小伙子遭殃,不过亨利爵士似乎不认为他会有太大的麻烦,不是吗?这样一来,那女人会上各种报纸和杂志的头条,克劳德就会知道她到底是什么样了。"

班特里太太一屁股坐了下来,不断地感叹。

"哦!我可怜的脑袋。还有……珍妮·赫利尔,你这个骗子!装成那个样子跟我们讲故事。"

"我是个好演员,"珍妮·赫利尔自鸣得意地说道,"我一直都是个好演员,不管人们怎么说吧。我可从没有演砸过,不是吗?"

"马普尔小姐是对的。"班特里太太喃喃自语道,"人的因素。哦,是的,人的因素。珍妮,好孩子,你有没有意识到?盗窃毕竟是盗窃,你弄不好会进监狱的?"

"好吧,可你们都没猜到,"珍妮说道,"除了马普尔小姐。"她的脸上又出现了那种忧虑的神情,"多莉,你真的认为有许多像马普尔小姐这样的人吗？"

"坦率地讲，我不那么认为。"班特里太太说道。

珍妮又是一声叹息。

"尽管如此，最好还是别冒这个险了。而且事后我将会受制于内特，那是肯定的。她可能会跟我翻脸，或者敲诈我或者干点什么别的。虽然她帮我想出了这些细节，并声称死心塌地跟着我，但有谁能真正了解一个女人呢？不，我想马普尔小姐是对的。我最好别冒这个险。"

"可是，亲爱的，你已经冒了险了。"

"哦，没有，"珍妮睁大了她那蓝色的眼睛，"你没明白吗？什么都还没发生呢！我是在……呃，走台，可以这么说吧。"

"我不懂你那套戏剧行话，"班特里太太板着脸说道，"你是说这只是一个将要实施的计划……而不是已经发生了的事，对吗？"

"我原本打算今年秋天实施这一计划的……就在九月份。现在我不知道该怎么办才好了。"

"而简·马普尔猜到了……确确实实地猜到了一切，却不肯告诉我们。"班特里太太怒气冲冲地说道。

"我想那就是为什么她会说那些话，女人要团结的那些话。她不想在男士们面前出卖我。她真是太好了。我不介意你知道，多莉。"

"好吧，打消这个念头吧，珍妮。求你了。"

"我想也是。"赫利尔小姐喃喃自语道，"说不定还会有别的马普尔小姐的……"

第十三章　沉溺而亡

1

亨利·克利瑟林爵士，苏格兰场前警监，住在他的朋友班特里夫妇家里，他们家就在圣玛丽·米德这个小村子附近。

星期六上午，在客人的最佳用餐时间十点一刻，他下楼来用早餐，却在餐厅门口差点儿与女主人班特里太太撞了个满怀。她从屋里匆匆走了出来，明显有些激动与不安。

班特里上校坐在桌旁，他的脸比平时更红一些。

"早上好，克利瑟林。"他说道，"今天天气真不错。请自便吧。"

亨利爵士从命了。他刚坐下来，一盘腰子和咸肉就摆在了他的面前。男主人继续说道："多莉今天早上有些不安。"

"是的……呃……我想也是。"亨利爵士温和地说道。

他有点纳闷。女主人性格沉稳，很少会受情绪影响。就亨利爵士对她的了解，她只特别热衷于一件事，园艺。

"是的，"班特里上校说道，"今天早上，有一个消息让她感到不安。村里的一个姑娘，埃莫特的女儿，埃莫特是'蓝野猪'的老板。"

"哦，是的，当然了。"

"呃……嗯，"班特里上校沉思着说道，"一个漂亮的姑娘。遇上了麻烦[①]。不是什么新鲜事。我刚才跟多莉争论了半天。我

[①]委婉的说法，暗示未婚怀孕。

也是够蠢的。女人永远都不会理性一点。多莉极力为那姑娘辩白,你知道女人们都那样,男人都是畜生,等等那一套。但事情没那么简单,至少如今不是了。姑娘们知道她们想要什么。勾引姑娘的小伙子也不一定就是个恶棍,通常百分之五十都不是。我倒是比较喜欢桑福德。我原来说过,他就是个唐璜式的年轻傻瓜。"

"是这个叫桑福德的人让那女孩惹上麻烦的吗?"

"好像是那样。当然了,我并不了解情况。"上校谨慎地说道,"只是些流言蜚语。你知道这地方是什么样子!我说了,我什么也不知道。我可不像多莉,武断地下一堆结论,胡乱指责一通。该死的,不管是谁,说话都要小心。知道吗……还会有死因调查什么的那一套。"

"死因调查?"

班特里上校瞪大了眼睛。

"是的。我没告诉你吗?那个姑娘投河自尽了。这就是为什么这件事闹得沸沸扬扬。"

"那可太糟了。"亨利爵士说道。

"当然了。我都不愿意去想这件事。可怜的小家伙。据说她父亲是个相当严厉的人。我想她肯定是无法面对现实了。"

他停了下来。

"多莉就是因此才特别难过不安的。"

"她是在哪儿自尽的?"

"就在村里那条河里,磨坊下面那一段水流特别急。那儿有一条河边小道和一座桥,他们认为她是从那儿跳下去的。唉,还是别再想了的好。"

随着一阵夸张的沙沙声,班特里上校打开了报纸,埋头于最新的抨击政府的文章中，以此来把自己的思绪从这件不愉快的事中解脱出来。

亨利爵士对这类乡间悲剧不是很感兴趣。早饭过后，他舒服地躺在草坪上的一把椅子上，把帽子拉下来盖住眼睛，安宁地享受起了生活。

大约十一点半，一个整洁的客厅女佣轻手轻脚地走过了草地。

"打扰了，先生，马普尔小姐来访，她想见您。"

"马普尔小姐吗？"

亨利爵士坐了起来，戴好了帽子。这个名字让他吃了一惊。他对马普尔小姐印象深刻。她那优雅恬静的老小姐风范，还有她那惊人的洞察力。他想起了那一打未解决的以及虚构的案件，这位典型的"乡下老小姐"每次都毫无偏差地直奔谜底。亨利爵士非常敬重马普尔小姐。他不知道是什么风把她给吹来了。

马普尔小姐正坐在客厅里，像往常一样腰板挺得笔直，一只色彩艳丽、看起来像是国外制造的购物篮放在她边上。她两颊微红，看上去有些慌张。

"亨利爵士……我真高兴。很庆幸能找到您。我碰巧听说您住在这儿……我真的希望您能原谅我……"

"很高兴见到您。"亨利爵士边说边握了下她的手，"恐怕班特里太太不在家。"

"是的，"马普尔小姐说道，"我路过的时候看见她正跟卖肉的福提特说话呢。亨利·福提特昨天被车碾了。那是他的狗。一条那种皮毛光滑的猎狐犬，相当矮胖好斗，屠夫们都爱养那种狗。"

"是啊。"亨利爵士顺从地应和道。

"很高兴我来的时候她不在，"马普尔小姐继续说道，"因为我是来找您的。为了这件不幸的事。"

"亨利·福提特的事吗?"亨利爵士有些困惑地问道。

马普尔小姐责备地看了他一眼。

"不,不。当然是罗斯·埃莫特的事。您已经听说了吧?"

亨利爵士点了点头。

"班特里刚刚告诉我的。很悲惨。"

他有点迷惑。他不知道马普尔小姐为什么会来找他谈罗斯·埃莫特的事。

马普尔小姐重新坐了下来。亨利爵士也坐了下来。当这位老小姐再度开口的时候,她的态度变了,变得严肃而冷峻。

"您可能还记得,亨利爵士,有一两回我们一起玩过一种令人愉快的游戏。提出谜题,然后找出答案。承蒙您的夸奖,认为我……我表现还不错。"

"您把我们都击败了。"亨利爵士热情地说道,"在发现真相上,您表现出了绝顶的天才。我记得您总是能举出一些乡村中的类似例子,而这些例子帮您找到了真相。"

亨利爵士说话的时候带着微笑,但马普尔小姐一点儿也没笑,仍然很严肃。

"正是您说的这些才使我有勇气来找您。我想如果我对您说点什么……至少您不会耻笑我。"

他突然意识到她是十分认真的。

"肯定的,我不会耻笑您的。"他温和地说道。

"亨利爵士……那个姑娘……罗斯·埃莫特。她不是自杀的……她是被人谋杀的……我知道是谁杀了她。"

有那么两三秒的时间,亨利爵士被惊得目瞪口呆。马普尔小姐的语气十分冷静,毫无波澜。她的情绪和表情就像她只是在陈述一件再平常不过的事一样。

"做出这样的声明可是件很严肃的事,马普尔小姐。"亨利爵士缓过神来以后说道。

她轻轻点了点头。

"知道……知道……这就是我来找您的原因。"

"但是,亲爱的女士,我不是您该找的人。我现在只是以私人身份坐客。如果您真的掌握了您声明的那些情况的话,您应当去警察局。"

"我想我不能。"马普尔小姐说道。

"为什么不能?"

"因为,您明白吧,我并没有……像您说的那样……掌握什么证据。"

"您不会是说那只是您的推测吧?"

"如果您愿意的话,也可以那么说,但并不完全是那样。我确实知道是怎么回事。虽然知道,但如果我告诉德雷威特警督我这么想的理由的话……他肯定会一笑了之的。实际上,那也不能怪他。这种可以称之为'特殊感觉'的东西的确很难理解。"

"比如?"亨利爵士说道。

马普尔小姐微微露出了一点笑意。

"如果我告诉您,我了解到真相是因为想起了一个叫皮斯古德的人,几年前他曾赶着大车到这儿来卖菜,结果把芜菁当作胡萝卜卖给了我的外甥女……"

她意味深长地停了下来。

"做这种买卖的叫么个名字倒是挺合适的。"① 亨利爵士咕

---

① 皮斯古德(pensegood)是 pense(豌豆)和 good(货物)合成的词,所以亨利爵士才这么调侃。

哝道,"您是说您只是通过别的类似事件得出的这个判断吗?"

"我了解人类的天性。"马普尔小姐说道,"在村子里生活了这么多年,不可能不了解人性。问题是,您相信我吗?"

她的目光直直盯着他。双颊上的红晕加深了。当她的目光迎上对方的目光时,也依然坚定,毫不躲闪。

亨利爵士是位见多识广的人。他没有过多思虑便做出了判断。尽管马普尔小姐的声明看似荒唐无稽,但他马上意识到他已经接受了。

"我相信您,马普尔小姐。但我不知道您希望我做些什么,或者说您来找我的目的是什么?"

"我已经反复思量好久了,"马普尔小姐说道,"就像我说的那样,没有证据,找警察是没有用的。我没有什么证据。我想请您做的是参与这件事的调查……我敢肯定,德雷威特警督会受宠若惊的。当然,如果调查更深入了,梅尔切特上校和总治安官肯定也会听命于您的。"

马普尔小姐恳切地看着他。

"那么您打算给我些什么线索,让我开始调查呢?"

"我打算,"马普尔小姐说道,"把一个名字……就是那个人的名字……写在一张纸上交给您。然后,如果在调查中,您证实那……那个人……的确与此案无关的话……好吧,那就可能是我搞错了。"

她顿了顿,微微颤抖了一下说道:"那就太糟了……非常糟糕……如果一个无辜的人被绞死的话……"

"您到底……"亨利爵士大为震惊地叫道。

她忧伤地转过脸看着他。

"也许我是错的……尽管我不那么认为。要知道,德雷威特警督算是个有头脑的人。但有时候半吊子的头脑也是十分有害的。它会限制人们更深入地了解事物。"

亨利爵士好奇地看着她。

摸索了一阵之后，马普尔小姐打开了一只小小的手袋，拿出了一个小本子，撕下了一页，在上面慎重地写下了一个名字，然后把纸对折好，递给了亨利爵士。

他打开纸条，瞥了一眼上面写的名字。那个名字没有引起他的任何反应，对此他仅仅扬了扬眉毛。他看着对面的马普尔小姐，把字条折好装进了口袋。

"好吧，"他说道，"这真是一份很不寻常的差事，平生第一遭。但我会基于您——马普尔小姐的请求，做出我的判断的。"

2

亨利爵士、梅尔切特上校——地区总治安官，以及德雷威特警督坐在房间里。

总治安官个子矮小，举止和行为有咄咄逼人的军人气派。警督则身材高大，肩膀宽阔，非常敏锐。

"我确实觉得我掺和进来有点冒失，"亨利爵士带着他那和蔼的微笑说道，"但我不能告诉你们我为什么要这么做。"（那可是要绝对保密的！）

"亲爱的同行，很高兴您能与我们共事。这是我们的荣幸。"

"不胜荣幸，亨利爵士。"警督说道。

总治安官暗自思量着：这可怜的家伙肯定是在班特里家闷得发慌了。那个老头整天指责政府，老太太又对球茎植物唠叨个没完。

警督暗自想道：真可惜这不是个像样的案子。我听说他是全英国脑子最好使的人之一。真可惜这个案子太一目了然了。

总治安官大声说道："恐怕案情很肮脏，但也很明朗。一开始大家以为是那姑娘自己投了河。她不太检点，您明白的。但是，我们的大夫，海多克，是个很仔细的人。他注意到死者两边的胳臂上都有淤青——在上臂，是死前留下的，是有人抓住她的胳膊把她扔下去时留下的印记。"

"需要很大的力气吗？"

"我想用不着。可能都没怎么反抗……那姑娘很可能是被出其不意地推下去的。那是座很滑的小木桥。把她推下去再容易不过了，桥的一侧连栏杆都没有。"

"你们有证据证明悲剧是在那儿发生的吗？"

"是的。我们找到了一个男孩，吉米·布朗，十二岁。事发时他在对岸的树林里。他听见桥那边传来一声尖叫，然后是什么东西落入水中的声音。那时已经是黄昏了，很难看清东西。不一会儿，他看见一个白色的东西飘在水面上，他赶紧跑去找人。他们把她捞了上来，但是已经晚了，救不活她了。"

亨利爵士点了点头。

"那个男孩没看见桥上有人吗？"

"没有。不过，就像我说的那样，那时已经是黄昏了，再加上那里总是水雾弥漫的。我正打算问问他事前和事后看见过什么人没有。您知道的，他只是想当然地认为那个姑娘是自己跳下去的。大家起初都是这么认为的。"

"另外，我们找到了一张字条。"德雷威特警督说道。他转向了亨利爵士。

"字条是在死者的口袋里发现的，长官。是用艺术家们常用的那种铅笔写的,尽管纸已经湿透了,我们还是努力辨认出了上面的字。"

"写了些什么呢?"

"是年轻的桑福德写的。'好吧,'字条就是这么开头的。'八点三十分我在桥上等你。——雷·桑'吉米·布朗听见尖叫声和落水声时就是八点半左右,八点半过了几分钟。"

"我不知道您见过桑福德没有?"梅尔切特上校接着说道,"他来这儿有一个月左右了。他是那种现代的年轻建筑师,专门建些古里古怪的房子。他正在给阿林顿家造一所房子。天知道这房子会造成什么样……我猜全都是些时髦的玩意儿。玻璃餐桌,钢材和编织网造的外科手术椅。好吧,虽然这与正题没什么关系,但表明了桑福德是个什么样的家伙。一个极端分子,你知道的……毫无道德观念。"

"诱奸,"亨利爵士委婉地说道,"是一种古而有之的罪行,但还不及谋杀的历史久远。"

梅尔切特上校愣住了。

"哦!是的,"他说道,"太对了,太对了。"

"亨利爵士,"德雷威特说道,"这是一件……丑恶的勾当,但并不复杂。这位年轻的桑福德让那个姑娘怀了孕。他急于在回伦敦之前把一切料理干净。他在伦敦有个未婚妻,一位体面的年轻姑娘,他已经与她订了婚。很自然的,这种情况下,如果她听说了此事,他的一切就会完全被断送了。他和罗斯在桥上见面。那是一个雾蒙蒙的傍晚,四周无人。他抓住她的胳膊,把她扔了下去。这个猪猡肯定会得到应有的报应。这就是我的看法。"

亨利爵士沉默了片刻。他感到了一股强烈的地区偏见。在圣玛丽·米德村这样一个保守的村子里,一位新式的建筑师是不受欢迎的。

"这么说，这个人，桑福德，毫无疑问就是未出世的孩子的父亲了？"他问道。

"他肯定是孩子的父亲，"德雷威特说道，"罗斯·埃莫特跟她父亲提起过。她以为他会娶她。娶她？！他才不会呢！"

天啊！亨利爵士暗自想道，我好像置身于维多利亚时代中期的情节剧中。轻信的女孩、伦敦来的恶棍、严厉的父亲，抛弃……就差一位忠实的乡村恋人了。好吧，我想我该问问这个了。

于是他大声说道："那姑娘在本地就没有追求者吗？"

"您是说乔·埃利斯？"警督说道，"乔是个好小伙子。他是干木匠活的。啊！如果她倾心于乔的话……"

梅尔切特上校赞同地点了点头。

"那就门当户对了。"他大声说道。

"乔·埃利斯对这件事是什么反应呢？"亨利爵士问道。

"没人知道乔是怎么想的。"警督说道，"乔是个安静内向的小伙子。沉默寡言。在他眼里，罗斯做的一切都是对的。她完全控制了他。他只希望有朝一日她会回到他的身边。那是他的一厢情愿，我是这么猜想的。"

"我想见见他。"亨利爵士说道。

"哦！我们正要去见他。"梅尔切特上校说道，"我们不会忽略任何一条线索。我想我们应该先去找埃莫特，然后是桑福德，最后再去拜访埃利斯。您觉得可以吗，克利瑟林？"

亨利爵士说能这么安排他感激不尽。

他们在"蓝野猪"找到了汤姆·埃莫特。他是个高大魁梧的中年男子，有一双狡猾的眼睛和好斗的下巴。

"很高兴见到你们，先生们……早上好，上校。跟我到这儿来吧,我们可以私下谈谈。有什么我能替你们效劳的吗,先生们?没有?那就随意吧。你们是为我那可怜的丫头的事来的吧?啊!她是个好姑娘,罗斯一直是个好姑娘……直到那个该死的下流坯……请原谅我这么说,但他就是个下流坯……直到他来了。他答应过要娶她。我要控告他。是他把她逼到这一步的。害人的下流坯。丢了我们大家的脸。我可怜的丫头。"

"你女儿亲口告诉你说桑福德该对她负责吗?"梅尔切特直截了当地问道。

"她亲口对我讲的。就在这个房间里。"

"你跟她说了什么呢?"亨利爵士问道。

"跟她说?"老头一时好像不知所措了。

"是的。你有没有,比如说,威胁要把她赶出家门之类的?"

"我是有点控制不住……那是很自然的事。我肯定你们也会有同感的。但当然了,我并没有把她赶出家门。我才不会那么做。"他又义愤填膺地说道,"不!我想说的是……法律是干什么的?他必须得对她负责。如果他不那么做的话,老天在上,他就要付出代价。"

他一拳砸在桌子上。

"你最后一次见到你女儿是什么时候?"梅尔切特说道。

"昨天……下午茶的时候。"

"她当时的言行举止有什么异常吗?"

"嗯……跟平时一样。我没注意到有什么不对头的。我要是早知道……"

"但你事先并不知道。"警督淡淡地说道。

他们离开了他。

"埃莫特极力装出一副讨人喜欢的样子。"亨利爵士若有所思地说道。

"有点恶棍的习性,"梅尔切特上校说道,"要是有机会的话,他早就给桑福德放了血。"

他们接下来拜访的是那位建筑师。雷克斯·桑福德与亨利爵士想象中的样子不太一样。他是个高个子的年轻人,皮肤白皙,身材瘦削。一双眼神迷离的蓝眼睛,乱蓬蓬的长头发。说起话来有点娘娘腔。

梅尔切特上校介绍了自己和同伴。接下来他直奔主题,要求建筑师详细说明前一晚的行踪。

"你得明白,"他警告说,"我无权强迫你作任何声明,你所说的一切都将可能被作为法庭上对你不利的证据。我希望你清楚自己现在的处境。"

"我……我不明白。"桑福德说道。

"你明白罗斯·埃莫特昨天晚上淹死了吧?"

"知道。哦!那太……太不幸了。真的,我一刻都没合眼。今天什么活儿都没法干。我觉得我对她负有责任……对她的死有不可推卸的责任。"

他的手在头发里抓来抓去,把头发弄得更乱了。

"我从来没想伤害她,"他可怜巴巴地说道,"我从没想过。我做梦也没想到她会那样做。"

他在一张桌子边上坐了下来,把脸埋进了手里。

"桑福德先生,我是否可以理解为你拒绝告诉我们昨天晚上八点三十分你在什么地方?"

"不,不,当然不是。我出去了。我散了一会儿步。"

"你是去和埃莫特见面吗?"

"不是。我独自一人。穿过了林子,走了很长的一段路。"

"那么，先生，你对这张在那位死去的姑娘的口袋里发现的字条怎么解释呢？"

德雷威特警督不带感情地把字条大声读了一遍。

"现在，先生，"读完之后，他接着说道，"你否认写过这张字条吗？"

"不……不，没错。那是我写的。罗斯要我去见她。她一定要见我。我不知道该怎么办才好。于是我写了那张字条。"

"哈！这就更对了。"警督说道。

"但我没去！"桑福德提高了嗓门，有些激动，"我没去！我觉得还是不去为好。我打算明天回城里去。我觉得最好还是不要……不要见面。我打算到了伦敦以后再给她写信……做些……做些安排。"

"你是否知道，先生，那个姑娘怀孕了，而且声称你是孩子的父亲？"

桑福德呻吟着，没有回答。

"这个说法是真的吗，先生？"

桑福德把脸埋得更深了。

"我想是的。"他闷声说道。

"啊！"德雷威特警督掩饰不住他的得意之情，"现在来谈谈你的那次'散步'。昨晚有人看见你吗？"

"我不知道。我想没有。我记得我没遇到过什么人。"

"那太可惜了。"

"你什么意思？"桑福德睁大了眼睛瞪着他，"我有没有出去散步有什么关系？那跟罗斯投河自尽又有什么关系？"

"啊！"警督说道，"但是要知道，她没有投河自尽。她是被人蓄意推下去的，桑福德先生。"

"她是被……"他过了一两分钟才领会到这一事实的可怕之处,"上帝啊！那么……"

他瘫在了椅子上。

梅尔切特上校站起来准备离开。

"你明白的，桑福德，"他说道，"你不可以离开这所房子。"

三个人一起离开了。警督与总治安官互相递了个眼神。

"我认为已经真相大白了，长官。"警督说道。

"没错。弄张逮捕令，逮捕他。"

"抱歉，"亨利爵士说道，"我忘了我的手套。"

他迅速回到那座房子里。桑福德仍呆坐在他们离开时的那个地方，两眼茫然地看着前方。

"我回来，"亨利爵士说道，"是想告诉你，我个人希望能尽一切所能帮助你。至于我愿意帮你的原因，我不便告诉你。但我想问你一点事，如果你愿意回答的话，希望你尽可能简短地告诉我你和那个罗斯姑娘之间到底发生了什么。"

"她很漂亮，"桑福德说道，"非常漂亮，非常迷人。同时……同时她也把我逼到了这一步。我向上帝发誓，那是事实。她从不让我一个人待着。我在这儿很孤单，这儿的人又都不喜欢我，而……而她惊人地漂亮，而且她好像很会取悦男人，然后就……"他没再往下说。他抬起了头。"然后那一切就发生了。她要我娶她。我不知道该怎么办才好。我在伦敦和一个姑娘订了婚，如果她听说了这件事……她就会，当然了……好吧，就全完了。她不会理解的。她怎么会理解呢？当然了，我真是个无赖。就像我说的那样，我不知道该怎么办才好。我躲着罗斯。我本打算回到城里去……跟我的律师商量商量……看能不能用钱或者别的什么把她摆平。天啊，我当初就是个傻瓜！现在事情明摆着对我不利。但他们肯定搞错了。她绝对是自己跳下去的。"

"她威胁过要自杀？"

桑福德摇了摇头。

"从来没有过。我绝不认为她会是那种人。"

"那个叫乔·埃利斯的人是怎么回事？"

"那个木匠吗？那种村里本分人家的好孩子。有些木讷，但疯狂地追求罗斯。"

"他可能会嫉妒吧？"亨利爵士提醒道。

"我猜他有些嫉妒……但他是那种迟钝拘谨的人。他只会默默地忍受。"

"好了，"亨利爵士说道，"我该走了。"

他重新回到了另外两位身边。

"知道吗，梅尔切特，"他说道，"我觉得我们在采取进一步行动之前，应该先去见见另一位小伙子，艾利斯。抓错人就不太好了。毕竟，嫉妒也是谋杀的主要动机之一，而且也是相当常见的动机之一。"

"非常正确。"警督说道，"但乔·艾利斯不是那种人。他连一只苍蝇也不会伤害。没人见过他发脾气。尽管如此，我同意我们最好还是去问问他昨晚在哪儿。现在他应该在家。他是巴特利特太太的房客，她是个非常正派的女人，一个寡妇，她接一些洗衣服的活儿干。"

他们去的那所房子一尘不染，十分整洁。一位粗壮矮胖的中年妇女给他们开了门。她有一张乐呵呵的脸和一双蓝色的眼睛。

"早上好，巴特利特太太。"警督说道，"乔·埃利斯在吗？"

"他回来还不到十分钟。"巴特利特太太说道，"进来吧，请吧，先生们。"

她在围裙上擦了擦手,把他们领进了一个小小的前厅,里面摆着鸟的标本、狗的瓷器、一张沙发和几件没有什么用处的家具。

她匆忙给他们张罗好了坐的地方,亲自搬走了一个架子、腾出了点地方,然后走到外面去喊道:"乔,有三位先生找你。"

后面厨房里传来一个声音答道:"我把自己弄干净后就过去。"

巴特利特太太笑了。

"进来吧,巴特利特太太,"梅尔切特上校说道,"坐吧。"

"哦,不,先生,我可不敢。"

巴特利特太太为上校的提议吃了一惊。

"你觉得乔·埃利斯是个好房客吗?"梅尔切特用一种似乎毫不在意的口吻问道。

"不能再好了,先生。他是一个真正踏实的小伙子,滴酒不沾,以自己的工作为荣。他总是帮我干一些家务活。他为我做了这些架子,给厨房新装了一个碗橱。不管家里有什么小事,乔都理所当然去做,还不求感谢。啊!像乔这样好的小伙子可不多了,先生。"

"总有一天会有幸运的姑娘嫁给他的。"梅尔切特漫不经心地说道,"他很喜欢那可怜的姑娘,罗斯·埃莫特,是吗?"

巴特利特太太叹了口气。

"那可真让我看不下去了,真的。他对她崇拜得简直五体投地,可她却看都不看他一眼。"

"乔平时在什么地方打发晚上的时光,巴特利特太太?"

"就在这儿,先生,一般都在这儿。他有时晚上会做点额外的活儿,还在通过函授学习簿记。"

"啊！真的吗？他昨晚在家吗？"

"在的，先生。"

"你肯定吗，巴特利特太太？"亨利爵士机警地问道。

她转向他。

"非常确定，先生。"

"他没有出去吗，比如说，在八点到八点半左右的时候？"

"哦，没有。"巴特利特太太笑道，"他整晚都在给我弄厨房里的橱柜，我在边上帮他。"

亨利爵士看着她那张让人放心的笑脸，开始感到一丝怀疑。片刻以后，埃利斯走进了房间。

他是位身材高大、肩宽体阔的年轻人，属于乡村里的帅小伙。他有一双羞怯的蓝眼睛和一副温和的笑容。总的说来是个和蔼可亲的大个子。

梅尔切特开始了这场谈话。巴特利特太太退到了厨房里。

"我们正在调查罗斯·埃莫特的死因。你认识她，埃利斯。"

"是的，"他迟疑了一下，小声说道，"我原本曾希望有一天能娶她。可怜的丫头。"

"你知道她的情况了吧？"

"是的，"埃利斯眼里闪过一丝怒火，"他辜负了她。不过那样也好。嫁给他，她是不会幸福的。我本来还幻想着，出了那事以后，她会回到我身边来的。我本打算照料她的。"

"就算是……"

"那不是她的错。他用甜言蜜语诱她误入歧途。哦！她告诉了我。她没必要想不开。他不值得她那么做。"

"埃利斯，昨天晚上八点三十分的时候你在哪儿？"

不知道是亨利爵士的想象，还是事实就是如此，他那似乎早有准备，简直可以说是准备得有点过头的回答给人一种不太自然的感觉。

"我就在这儿。给巴太太打一个奇妙的厨房橱柜。你们问她吧。她会告诉你们的。"

他回答得太快了，亨利爵士想道，他是个反应迟钝的人，居然回答得如此流利，好像是事先排练过一样。

然后，他告诫自己那不过是想象。他想象得太多了……没错，就连那双蓝眼睛里忧心忡忡的眼神也是他想象出来的。

几轮问答之后，他们离开了。亨利爵士找了个借口去了厨房。巴特利特太太正在灶边忙着。她带着和蔼的微笑抬起了头。一个新的橱柜靠墙立着，还没完工。工具和木屑散落一地。

"那就是埃利斯昨晚做的橱柜吗？"亨利爵士说道。

"是的，先生，做得不错吧？乔是个很聪明的木匠。"

她眼里既无忧惧也无窘迫。

但埃利斯……是他想象出来的吗？不，一定有别的情况。

我得再跟他谈谈，亨利爵士想道。

转身离开厨房的时候，他撞到了一辆婴儿车。

"但愿没把孩子弄醒。"他说道。

巴特利特太太发出了阵阵笑声。

"哦，不，先生。我没有孩子……多少有点遗憾。那是我用来送洗好的衣服的。"

"啊！明白了……"

他顿了顿，然后突然问道："巴特利特太太，你是认识罗斯·埃莫特的，告诉我你对她的真实看法。"

她好奇地看着他。

"呃，先生，我觉得她有点轻浮。不过她已经死了……我不想说死者的坏话。"

"但我有理由……一个非常充分的理由要了解她一下。"他态度坚决地说道。

她好像在思量，在揣摩他的目的。最后她下定了决心。

"她不是个好东西，先生。"她冷静地说道，"当着乔的面我不会这么说的。她把他收拾得服服帖帖的。那种人什么都能……真可惜。您清楚那是怎么回事，先生。"

没错，亨利爵士完全清楚。世上像乔·埃利斯这种人是极其脆弱的。他们过于轻信，也正因如此，真相暴露时他们所受的打击也更大。

他带着困惑和迷茫离开了那座农舍。他走进了死巷。乔·埃利斯昨天一整晚都在家里干活。实际上还有巴特利特太太在旁边看着。这看似牢不可破的不在场证明会有漏洞吗？一切看起来无懈可击，除了乔·埃利斯的回答似乎过于胸有成竹了一点，像是事先准备好的。

"好吧，"梅尔切特说道，"似乎一切都很明朗了，嗯？"

"没错，长官。"警督赞同道，"桑福德就是我们要找的人。他的说法站不住脚。事实像白昼一样清晰。我个人推测，那个姑娘和她的父亲打算……嗯……敲诈他。他不打算给钱……又不想让这件事传到他未婚妻的耳朵里去。他狗急跳墙就那么干了。您怎么想，长官？"他毕恭毕敬地转向亨利爵士，又加上了一句。

"看起来是那样的，"亨利爵士承认道，"但是……我很难想象桑福德会做出暴力行为来。"

但尽管他那么讲，也很清楚他的反对意见几乎没有任何说服力。最温顺的动物被逼入绝境的时候，也会有惊人的举动。

"无论如何，我想去见见那个孩子，"他突然说道，"就是那个听见喊声的孩子。"

吉米·布朗是个聪明的男孩,个头就他的年纪来讲矮了些,一张尖尖的脸上带着狡黠的神情。他正渴望着被询问,但发现被询问的只是他在那个不幸的晚上见到的那戏剧性的一幕时,他有些失望。

"我听说当时你在桥的另一头。"亨利爵士说道,"你是从村子这边过桥到了河对面的。你过桥的时候看见了什么人没有?"

"有人正在林子里走动。我想是桑福德先生,就是那个专门修建古怪房子的建筑师。"

另外三个人交换了一下眼神。

"那是在你听见叫喊声之前十分钟左右,对吗?"

那孩子点了点头。

"你还看见别的什么人了吗,在村子这边?"

"有个人沿着那边的小径走了过来。慢悠悠地走着,边走还边吹口哨。可能是乔·埃利斯。"

"你不可能看清那是谁的。"警督厉声说道,"水雾那么大,而且还是黄昏时分。"

"我是根据口哨声判断的,"男孩说道,"乔·埃利斯总是吹那一个调子,'我要快乐',他只会这一首。"他带着一种现代主义者对老古董的轻蔑态度。

"任何人都可以吹那个调子嘛。"梅尔切特说道,"他是向桥那边走的吗?"

"不。反方向,朝村子里去了。"

"我想我们用不着在这个不知道是谁的人身上费心思了。"梅尔切特说道,"你听见了叫喊声和落水的声音,几分钟后,你看见尸体顺流漂了下来,于是你跑去找人。你跑回到桥边,过了桥,直奔村子里。你往回跑的时候就没见到什么人吗?"

"我想有两个人正推着一辆手推车走在河边的小路上;但距离太远了,我分不清他们是在离开还是正往桥这边来。贾尔斯先生家离得最近,所以我就直接跑到他家去了。"

"你干得不错,孩子,"梅尔切特说道,"你表现得非常出色,而且是动了脑子的。你是童子军,对吗?"

"是的,长官。"

"很好。非常好。"

亨利爵士没有说话,一直在思考。他从口袋里摸出一张字条,看了看,摇了摇头。似乎不太可能……不过……

他决定去拜访一下马普尔小姐。

她在她那雅致的、略显拥挤的老式客厅里接待了他。

"我是来报告调查进度的,"亨利爵士说道,"恐怕按我们的预想看,情况进展得不是很顺利。他们准备逮捕桑福德。我必须承认,他们那么做是合理的。"

"这么说来,您没找到什么能……该怎么说呢……支持我的观点的东西吗?"她有些困惑和担忧,"也许是我错了……完全错了。您经验这么丰富……如果我没错的话,您肯定查得出来。"

"一方面,"亨利爵士说道,"我不太敢相信您的推断。另一方面,我们还必须面对一个牢不可破的不在场证明。乔·埃利斯整晚都在厨房里做橱柜,而巴特利特太太则在边上看着他做。"

马普尔小姐向前倾了倾身子,急促地吸了口气。

"但那是不可能的。"她说,"那是个星期五的晚上。"

"星期五的晚上?"

"是的……星期五的晚上。每个星期五晚上,巴特利特太太都要把洗好的衣服送到各家各户去的。"

亨利爵士倒在椅背上。他想起了那个男孩说的那个吹口哨的人，以及……没错……全都吻合了。

他站起身来，激动地握着马普尔小姐的手。

"我想我知道该怎么做了。"他说道，"至少我可以试一下……"

五分钟后，他又回到了巴特利特太太的小屋，在那个四周都是瓷制狗的小客厅里，他和乔·埃利斯面对面地坐着。

"你对我们撒了谎，埃利斯，关于你昨晚的行踪。"他直截了当地说道，"八点到八点半的时候，你没在这儿的厨房里做橱柜。就在罗斯·埃莫特遇害前几分钟，有人看见你在河边的小路上往桥的方向走去。"

乔·埃利斯屏住了呼吸。

"她不是被谋杀的……不是的。我跟这件事没关系。她是自己跳下去的，肯定是的。她是那么绝望。我连根头发都不会伤害她的，我不会的。"

"那你为什么要对你的动向说谎呢？"亨利爵士紧追不舍。

他的眼睛不断抬起落下，眼神游移不定。

"我被吓坏了。巴特利特太太看到了我在那儿，当我们听说了发生的事以后……嗯，她觉得那可能会对我不利。所以我就一口咬定我一直在这儿干活，而她则同意作我的证人。她是个少有的好人。她一直对我很好。"

亨利爵士一言未发，起身离开了客厅，走进了厨房。巴特利特太太正在水槽边洗衣服。

"巴特利特太太，"他说道，"我全都知道了。我想你最好还是招认了吧……我的意思是，除非你希望乔·埃利斯为他不曾干过的事而被绞死……不，我想你不希望那样。我来告诉你昨晚发生的一切。你出去收好了要洗的衣服往回走,路上遇上了罗斯·埃莫特。你原本以为她已经抛弃了乔,正在跟一个外来的人鬼混。现在她有了麻烦,乔准备救她于危难之中,必要的话娶她为妻,只要她愿意。他在你家里住了四年了。你爱上了他,想把他据为己有。你恨那个姑娘,你不能容忍这个一文不值的小荡妇抢走你的男人。你是个强壮的女人,巴特利特太太。你抓住她的胳膊,把她扔进了河里。几分钟后,你遇到了乔·埃利斯。那个叫吉米的孩子在远处看见了你们俩,但是因为天黑雾大,他把你那辆婴儿车当成了手推车,并且觉得是两个男人在推着。你说服了乔,让他相信他可能会受到怀疑,并捏造了一个不在场证明,说是为了他,实际上是为你自己。好了,是这样的吧?"

他屏住了呼吸。他把所有的希望都押在了这上面。

她站在他面前,在围裙上不停地擦着手,渐渐地,她下定了决心。

"就是您说的那样,先生。"她最终用一种平静而压抑的口气说道(亨利爵士突然觉得那种语气很危险),"我不知道我当时是怎么了。恬不知耻……她就是那样的。我当时就只有一个念头,她不能把乔从我这儿夺走。我的一生一直都很不幸,先生。我的丈夫是个穷光蛋,一个执拗的病人。我全心全意地照顾他、看护他。后来,乔到这儿住了下来。我还没那么老,先生,尽管我的头发有点白了。我才四十岁,先生。乔是千里挑一的好人。我愿意为他做任何事……任何事。他就像个孩子,那么脆弱、那么轻信。他是我的,他需要我的照顾和关怀。还有……还有……"她咽下了下面的话,控制住了自己的情绪。直到此刻,她还是一个坚强的女人。她站直了身子,好奇地看着亨利爵士。"我准备好了,先生。我从没想到有人能发现这一切。我搞不懂您是怎么知道的,先生……我想不到,真的。"

亨利爵士轻轻地摇了摇头。

"发现真相的不是我。"他说道,想起了那张仍装在他口袋里的纸条,上面用老式的字体写着:

巴特利特太太,和乔·埃利斯一起住在米尔小屋二号。

马普尔小姐又对了。

The Thirteen Problems
Copyright © 1932 Agatha Christie Limited. All rights reserved.
Letter for Chinese Reader, New Star Edition by Mathew Prichard © 2013 Mathew Prichard.
Translation © 2023 arranged by New Star Press, Agatha Christie Limited. All rights reserved.
www.agathachristie.com
The Marple icon is a trademark, and AGATHA CHRISTIE, Marple, *Agatha Christie* and the AC Monogram Logo are registered trade marks of Agatha Christie Limited in the UK and elsewhere. All rights reserved.
Published by agreement with ACL.
Simplified Chinese edition copyright: 2023 New Star Press Co., Ltd.

图书在版编目（CIP）数据

死亡草 /（英）阿加莎·克里斯蒂著；六翼天使译. —— 2版. —— 北京：新星出版社，2023.10
ISBN 978-7-5133-3933-9

Ⅰ. ①死… Ⅱ. ①阿… ②六… Ⅲ. ①侦探小说 – 小说集 – 英国 – 现代 Ⅳ. ① I561.45

中国版本图书馆 CIP 数据核字（2022）第 091868 号

午夜文库
谢刚 主持

死亡草

[英] 阿加莎·克里斯蒂 著；六翼天使 译

责任编辑	曹晓雅	统筹编辑	王　欢
责任校对	刘　义	责任印制	李珊珊
封面插图	宣　和	装帧设计	周伟伟

出 版 人　马汝军
出版发行　新星出版社
　　　　　（北京市西城区车公庄大街丙 3 号楼 8001　100044）
网　　址　www.newstarpress.com
法律顾问　北京市岳成律师事务所
印　　刷　三河市兴达印务有限公司
开　　本　910mm×1230mm　1/32
印　　张　8.5
字　　数　191 千字
版　　次　2023 年 10 月第 2 版　　2023 年 10 月第 1 次印刷
书　　号　ISBN 978-7-5133-3933-9
定　　价　42.00 元

版权专有，侵权必究。如有印装错误，请与出版社联系。
总机：010-88310888　　传真：010-65270449　　销售中心：010-88310811